JN235547

穴神《あながみ》

笠原 將弘
Masahiro Kasahara

文芸社

穴神

【目次】

第一章　†　沿線地図

山本哲郎は九時までの残業を終え、四ッ谷から地下鉄に乗り、いつも利用している私鉄に乗り換えるため地下道を歩いていた。

十二月二十四日の駅のターミナルは、にぎやかな集団で溢れていた。しかし、クリスマスイブはまだまだ始まったばかりといったところだ。

今日は哲郎にも、数人の部下からの誘いがあった。どうも新宿あたりで、クリスマスイブの気分を味わおうといった誘いのようだった。酒の席は決して嫌いな方ではないし、人付き合いも悪い方ではない。しかしここ数日は遅い日が続いたし、妻や娘との約束もあって、今日は仕事が終わり次第帰ることにしていた。

周りの賑やかさとはうらはらに、哲郎はゆっくりと歩いていた。それには哲郎なりの理由というか、哲学めいたものがあった。ゆっくりと歩くことによって、物事を考え、その時の周囲の雰囲気を自分なりに感じ、移りゆく時の流れを感じとることが好きだった。それはまた、何か忙しく過ぎてゆく大都会へのささやかな抵抗なのかもしれない。

哲郎の前を、何人かの人々の集団が追い越して行く。若い男女の集団が多かった。哲郎は売店の前で立ち止まり、地下鉄の車内広告で見つけた週刊誌を買った。人々の興味をそそるような誇張した見出しに、マスコミに対するある種の反発を感じた。また、それに乗せられて買った自分もばかばかしく思えた。

今年の冬は、例年になく寒い。哲郎には、タバコの赤い小さな火が大変心地よく思えた。そして、大きくひとつ溜め息をつくとまた歩き出し、ホームに出る階段を登って行った。

ホームには、二、三の列車が絶え間なく出入りしていた。時計を見ると九時五十分になろうとしている。この時間帯は、割に列車が空いている。哲郎は車両に乗り込んだ。まだ発車にはいくらか時間があるらしく、空席が目についた。しかし座ろうとはせず、ぼんやりと吊り革に掴まったまま動こうとはしなかった。

哲郎は車外を眺めていた。

「今年も、もう終わる」

いつもと同じようで、それでも世間並みから見ると、それなりに幸せな一年だったと思う。

哲郎はさっき買った週刊誌に目をやった。週刊誌というやつは、人々が喜びそうなことを全て知り尽くしているかのように思えた。数分後に準急列車は発車を告げるベルと共に動き出した。視線を週刊誌から車外へと向けると、そこには自分の顔が光の中にあった。

哲郎は学生時代、スポーツを好んだ。そしてどんなスポーツもそれなりにこなしてみせた。剣道では大会にしばしば参加し、何回も優勝している。確か五段の腕前であった。

哲郎はこのところ運動らしいことをしていないので、何でもいいから思いきり体を動かしたいと思っていた。何かこの頃、自分の中から、学生の頃のがむしゃらな闘志が消えてなくなるようなそんな気がしていた。その分自分が、一般的な社会人に近づいたのかもしれないと思った。

車外の光が色とりどりの無数の光の帯になって飛んでいく。

列車はスピードを落とし、次の駅が近づくのを知らせた。停車位置を誤ったせいか、大きく列車は揺れて止まった。もうあの巨大な光の塊は遠くに見えている。哲郎は、あの巨大な光の塊の下に何百万人もの人々が、今もひしめき合っているのだと思った。それは、人々を飲み尽くし、人々の個性、理性、感性などを大きく変えてしまうだけの力を持つ得体の知れない怪物だと思った。

東京という得体の知れない怪物は、日増しにそうやって成長していく。

東京に住んでもう十数年になる。高等学校の時に故郷から出てきて、C大の付属高等学校に通った。こういった類いの学校は金がかかるのだが、哲郎の父は田舎で事業をしていたので、生活は安定していた。哲郎は、そういった恵まれた環境で育った。

大学もエスカレーター式にC大法学部に入学し、勉強とスポーツに励んだ。

旅にもよく出かけた。そういえば、就職してこの方、長い休暇を取って旅をしたことなど一度もなかった。たまには一人旅などしてみたいと思っていた。


列車は一定のリズムを打ち鳴らしながら、次の駅へと向かっている。車内の人々は、だれ一人として口を開こうとしない。そのレールの響きが、なぜか外気の寒さを強調するかのように思えた。

もうだいぶ郊外へと進んでいた。どの駅でも、列車から降りる人ばかりが目立って、乗って来る人はまれであった。始発駅からみると、すでに乗客の数は半分以下になっていた。

哲郎は、コートの襟を立てて駅のホームを小走りに家路を急ぐ人々の群れを、列車の窓越しに見ていた。哲郎は、その人々の群れを押しのけるようにして列車に乗り込んできた二人連れを見つけた。若い男女のカップルであった。背には大きなリュックを背負い、手にはピッケルを持っていた。ピッケルの柄は、程よく黒光りしていて、何回もの登山の経験を物語っていた。

学生時代、哲郎も山にはよく登った。その二人を見ていると、何故かとても懐かしい気持ちになった。

二人は哲郎の近くに座った。二人ともコーディロイのチロルハットをかぶっていた。男は、色の浅黒い頑丈そうな体格をしている。女は、丸い縁のメガネが印象的な清楚な顔立ちをしていた。

二人は楽しそうに、これから始まる旅への話を始めた。話のトーンは、徐々に高くなっていき、哲郎にも、その話の内容がよくわかった。その弾んだ声は、今までの殺伐とした冷たい空気を一転するかのようであった。哲郎は、二人が楽しそうに話している光景を、ほのぼのと微笑ましく思った。そして、自分も何となく楽しい気分になっていた。

二人の話がとぎれると、女の方がとっさに立ち上がって、重たい登山用のくつを鳴らしながらドアの方へと歩いて行った。そこで、ドアの上に貼ってある沿線地図を見上げると、

「私たち行くの、この辺かしら……」

男の方を振り返って言った。男は、嬉しそうに頷いてみせた。

哲郎には、毎日見慣れた地図だった。女が指で示したところは、ちょうど三峰の奥の方に位置する山々で、どうも二人は、三峰から奥秩父連邦へ入るらしかった。

哲郎にも、冬の奥秩父に入山した経験がある。一メートル余りもある雪の中を、十数時間も

歩いた。確か夜間には、氷点下二十度にも達し、山小屋の中のストーブの脇の水さえ氷ってしまった。その時は一週間、山にこもった。

白く埋もれた原生林の樹海は、何者にも犯されない神聖なる大自然であり、その中をただ黙々と行く小さな自分の姿を思い浮かべた。それは今現在、哲郎がいる世界とは、全く異なった世界である。同時に、今自分の近くにいるその二人は、もうすでに別の世界にいるような気がした。そしてその世界は、半端な精神では克服できない。そんなことを思いながら、哲郎も沿線地図に目を向けた。

いつもこの列車に乗っているのに、今までこの地図をじっくりと見たことはなかった。沿線地図は、わかりやすくカラフルに書かれていて、割と面白いものだと思った。哲郎は、沿線の駅を東から西へと追っていく。終点駅まで行き着くと、今度はバスの路線を山の奥へ奥へと追っていく。そこには、学生時代に登ったことのある山々が書き込まれていた。

色々な思い出が蘇ってきては、列車の調べと共に過ぎ去っていった。列車は時と共に確実に進んでいた。もう次の駅が哲郎の降りる駅だった。地図から目を離そうとしたその時、哲郎の目の中に、見慣れないある文字が写った。それは、地図の西北の端に書かれていた。ちょうど秩父市からバスで小鹿野町を経て、志賀坂峠の登山口辺りから北に位置するところであろうか。そこには、こう書き込まれていた。

「穴神……」

何と読んだらいいのか迷った。

「けつじん……いやおかしいな……あながみか？……」

不思議な言葉だと思った。

「あながみ……」

哲郎は呟いた。通勤の時にも、沿線地図に目がいくことがある。しかしこんな〝文字〟が書かれていたという記憶はなかった。

すでに列車はゆっくりとスピードを落とし、停止する準備を始めている。哲郎は、早足に次のドアまで動いた。別のところにある同じ沿線地図を見たいと思った。列車は、ゆっくりと停止した。

エアーの抜ける音と共に、列車のドアが開く。哲郎は、慌てて別の沿線地図に目を向けたが、「ハッ」とした。書き込まれているはずの位置には、何の文字も見当たらない。もう一度哲郎は、地図の中を急いで見回した。やはり結果は同じだ。「穴神」は無かった。

列車から降りた人々の急ぐ歩調とは逆に、またゆっくりと歩いてゆく。哲郎は「ゾクッ」とした。それは決して、十二月の車外の冷気にだけに自分の体が反応したのではないと思った。

列車はいつの間にか遠くに光を残して走り去っていた。赤い小さな光であった。

ホームの階段を上がって行くと、安っぽい蛍光灯の白い光が眩しかった。

改札を抜けると立ち止まり、さっきと同じようにコートのポケットから直接タバコを一本取り出し、オイルライターで火をつけ、駅に設置してある大型の時計を見上げた。

時刻は、十時をだいぶ過ぎていた。

哲郎は人々の流れに従い、駅の階段を下り、ロータリーに出る。そして、さっきの不思議な出来事について考えていた。

哲郎の前を歩いて行く若い女性が抱えている白っぽい包みと、どこからともなく聞こえてくるクリスマスソングで、今日がクリスマスイブだったことに改めて気がついた。我に返ると、どうせ誰かのいたずらか、それとも自分の見間違いか、本気で考えるのも馬鹿らしく思えてきた。

「俺もだいぶ疲れているな、もうやめておこう」

否定して呟くのだが、車のクラクションに振り返る哲郎の肩越しの夜空が、にわかに光ったことを哲郎は知らないでいる。


イブの夜空はよく晴れ渡っていた。星がキラキラと光って、抜けるような夜空は、激しい寒さを物語っている。

コートの襟を立てて、ゆっくりとマンションへと向かった。そして、途中で妻から頼まれたクリスマスケーキを買うために、角のケーキ屋に入った。イブのため、ケーキ屋の店内はいつもより美しく装飾されていたが、もう時間が遅いせいか店内に客はいなかった。ウインドーには、クリスマス用の商品が並べられている。哲郎は、クリスマスケーキと、その中の一つを娘に買った。それは、サンタクロースの顔が描かれている綺麗な箱に、色とりどりのキャンディが詰まっていた。娘は、まだ三歳になったばかりだけれど、もうちゃんと喜びの表現を知っている。哲郎は、その喜ぶ顔を見るのが楽しみだった。

今の哲郎の脳裏には、さっき起こったあの出来事が、もう片隅に消え去ろうとしていた。かわりに、家で暖かく迎えてくれる妻と、可愛い娘の顔が大きく浮かんでいる。

哲郎の歩調が初めて速くなった。凍るようなこの冷気の中から早く逃れたいと思ったし、二人に早く会いたいとも思った。

マンションのチャイムを二度鳴らすと、手前の部屋に明かりがついて、妻が内側から鍵を開けてくれた。暖房の効いている室内の空気は、冷気の中を歩いてきた哲郎にとっては、一瞬ムッとするものがあり、体が急激な温度の変化に順応するまでに少し時間がかかった。

コートを脱ぐと、さっき買ったケーキと一緒に妻に渡した。妻は、ケーキを見て小さく微笑んだ。娘もまだ起きていて、哲郎を確認すると、全身で喜んでみせた。

哲郎は、娘を片手で抱き上げると、その豊かな頬に頬擦りをした。暖かく、柔らかい感触がたまらなく愛しかった。そして、店で買った例のキャンディの箱を娘に渡した。期待どおり娘は、喜んでみせてくれた。

テーブルの上には、すでにクリスマス用の妻の手料理が所狭しと置かれていた。妻は、ケーキを箱から丁寧に出して、テーブルの中央に置いた。

風呂がちょうどいい加減に沸いていた。妻や娘は先に済ませたと言ったので、哲郎は風呂につかった。ホッとする。一日の終わりである。風呂の中にまで、妻と娘の楽しそうな声が聞こえてくる。

その日はささやかに、イブの夜を家族三人で楽しんで、哲郎が床《とこ》についたのは午前二時に近かった。

またあのことを思い出していた。傍らで横になっている妻に話そうかと思ったのだが、夕食のワインが手伝ったのか、哲郎が眠りにつくまで数分とはかからなかった。

†

朝の上りの列車は大変なラッシュだ。哲郎は、七時頃の電車でいつも会社に行く。

今日もいつもと変わりなく、ラッシュの凄さは言わずと知れている。それはもう、ある種の戦いでもあった。

哲郎は、時々ばかばかしくなって、下りの列車にでも乗ってそのまま旅にでも行ってしまおうかと思うことすらあった。もちろん実行したことなどなかったが、それは、哲郎だけが考えていることではないと思う。

ホームは人で溢れている。そこへ例の『酸欠列車』が入ってきた。

周りの人々を見回し、よくその中にまたこれだけの人が入れると思った。

列車のドアが開く。哲郎は、自分の意志ではなく列車に押し込まれていく。女性のパーマネントの髪が顔に触れる。しかし動くことさえできない。それは哲郎にとって、一日の中で一番憂鬱で不愉快な時間であった。

少し遅れがちに列車は動き出す。哲郎は、車外に視線を向ける。窓越しに飛んでいく光景は、全てがうっすらと銀色に輝いている。霜が降り、昨夜の寒さが厳しかったことを物語っていた。

時折朝日が目に飛び込んでくる。突き刺さるような白い光であった。この酸欠な車中で、それだけが一つの救いに思われ、朝という実感がそれなりにあった。

曇った窓越しに飛び去って行く朝の光景を見ていると、哲郎の脳裏にまた昨夜の出来事が蘇ってきた。やはり興味は、「穴神」のことである。哲郎の視線は、もう沿線地図を求めていた。

ちょうど右上の方向に沿線地図があった。そこにある沿線地図は、他のものと全く異なったところはなく、例の文字はやはり書き込まれてはいなかった。

いろいろ考えてみるのだが、

「やはり誰かのいたずらか」

誰かが勝手に地図の中に書き込んだものだったのだろうと不定する。だが哲郎は、不思議なことに、あの文字が自分の潜在意識の中に確実に存在することを強く感じている。

なぜあの言葉に何でこれほどまでに興味を持つのだろう。

「穴神……」

不思議な響きを持っている。

第二章 † 一振りの太刀

午後六時を少し過ぎていた。

哲郎は、オフィスの自分の椅子に座ってタバコを吸っている。背中にある大きな窓越しには、もうたくさんのネオンが輝いて見える。日は暮れ落ちて、向かいのビルの右上には、星の光をはっきりと確認する事が出来た。仕事の整理を済ませると、ロッカールームへと入った。

窓の外では街路樹が揺れていて、風が強い。哲郎は、グレーの三つ揃いの上から、厚手のヘリンボーンのコートを着て、首にはカシミヤのマフラーを巻いた。しかし、これだけしても、到底外の厳しい寒さから逃れる事は出来なかった。

路肩の水が、もう凍りついている。哲郎は、コートの襟を立てて歩き出した。

商店街からはクリスマスソングが流れ、歩道は人々の群れで溢れていた。その群れは、自動的に地下鉄の入口へと吸い込まれていく。

一台のタクシーが、けたたましく新宿方面へと走って行く。クラクションが鳴る。信号が変わる。また一瞬のうちに道一杯の車で溢れる。そこには、車の赤いテールランプが窮屈そうにひしめき合っている。それは、人々の群れの中にいる哲郎自身のようだった。

哲郎は、何となく自然が懐かしかった。何時の頃からか、もう長い間そう言った気持ちからは遠ざかっていた。

今ごろの自然は厳しい。だが、その中に溶け込んでいく勇気が、哲郎の中に全く無くなってしまった訳ではなかった。むしろ今では、この文明社会との付き合いと暫く別れて暮らすのも、いい気分転換になるのではないかと思っている。そう思うと、長い間暮らしている都会の空気が、何だか急に煩わしく思えて仕方がなかった。

時計を見た。約束の時間まで、あと五分足らずだった。

急いで地下鉄の階段を駆け上がり、また人々の群れの中に入って行く。容易に前に進む事は出来ない。通り過ぎる人々も、追い越して行く人々も、哲郎には、何か一種の魔法にでもかかっているかのように見えるのだった。

K劇場の裏手に、待ち合わせのパブがあった。

今日は、大学時代の剣道部の仲間達と何年かぶりで、そこで落ち合う事にしていたのだ。

約束の時間から何分か過ぎていた。哲郎はパブのドアを押した。クリスマスのせいか、店内は大変活気があった。かといっても、客が二十人も入れば一杯になってしまう程の小作りのパブだ。薄暗い店内は、タバコの煙で煙っている。外の寒さに比べて、暖房の利き過ぎている店内はムッとしていた。

奥の方から男の声が哲郎を呼んだ。哲郎は、そこに懐かしい仲間達を確認する事が出来た。コートとマフラーを店の女の子に渡すと、奥の方へと入って行った。

哲郎は、小学生の頃から剣道を習っていた。町内の子供大会でも、何度か優勝をしてみせた。中学、高校と続き、C大では一年からレギュラーで大会に出場し、三年の時はキャプテンを勤めた。哲郎の腕前は相当なもので、学生選手権では二度の優勝をしている。段位は五段であった。

「お前が呼んでおいて、一番遅れるとはけしからんな」

一番仲の良かった近藤が、ちょっとふざけた口調で言う。哲郎は、道一杯の人の群れに、ここまで辿り着くのにだいぶ時間がかかった事を伝えた。しかし、そんな事はどうでもよかった。そこには、懐かしい顔が微笑んでいた。

近藤とは職場が近いこともあって、しばしばこのパブで会っていたが、他の三人とは本当に久し振りだった。

大山は、東北の郷里で親父さんの家業を継いだ。

田代は、ある銀行に就職し、半年ほど東京にいたが、間もなく転勤で関西に住んだ。

そして島川は、九州の郷里で彼の親父さんがやっている道場で、子供達に剣道を教えていた。

お互いこういった境遇にあったので、そうたやすく皆が集まるという機会はなかった。ちょうど田代が仕事の都合で東京に来る事を知り、この機会に皆で集まる事にした。皆酒は強い。学生時代は、夜が明けるまで飲んだ事もしばしばあった。

五人は懐かしく、楽しい時を過ごし、学生時代の気分に戻るのに少しの時間もかからなかった。酒が進む、話が弾む。話題は各自大会での名場面の再現を、身振り、手振りを加えて話が進む。四人とも哲郎に負けず劣らず、腕前は一流であった。

哲郎は同じソファーの隣に座った島川と話をしていた。他の三人は、パブの女の子と何やら楽しそうに話をしている。この島川という男は、一本気な事ではちょっと珍しい程の人物で、彼の行動は、彼の剣道と同じように、いつも仲間からの信頼があった。哲郎も仲間と同じように、この男を信頼していた。

彼の一本気で真面目な規則正しい性格がどこで養われたかという事を知ったのは、学生時代、彼の郷里に遊びに行き、親父さんに会った時だった。親父さんは、浅黒く背の高い、白髪の素晴らしい初老の剣士だった。その時哲郎も、何度か手合わせをしてもらったが、六十近い年齢が嘘のように思えた。確か十日近くもお世話になった。彼も「師範代が二人になった」と言って、喜んでくれたものだった。不思議と親父さんと大変気が合った事を覚えている。

哲郎は、この親父さんの話を島川としてみたかった。

「おい島川。ところで親父さんは元気かい。大変お世話になったからな」

たずねてみると、

「ああ、相変わらずだよ」

島川は笑ってみせた。

「そういえばお前、学生時代より少しくだけてきたな」

微笑みながら言うと、

「親父に付き合っていると、こちらが変人みたいに言われるからな」

島川の言葉に、二人共大笑いした。

「元気なら何より、それに越したことはないさ。よろしく言っておいてくれよ」

すると島川は、

「実を言うと、親父も一緒に来てるんだよ。ホテルで待っているのさ。何だか代々木の刀剣博物館で、名刀の展示会があるとか言ってたよ。今頃は、ホテルで刀剣の本でも見ているんじゃないかな」

ため息まじりに言った。

「父兄同伴か。悪い事は出来ないな」

哲郎は、ちょっとすました顔で島川を見た。

哲郎はそれを聞くと、ぜひ彼に会ってみたい気がした。ともすると、ちょっと滑稽とも思われる程の律儀な初老の紳士に会ってみたかった。そのことを島川に頼むと、

「子守役がいると助かる」

島川も、喜んで勧めてくれた。明日の十一時に、新宿で待ち合わせをする事に決めた。

あれから何件はしごをしたことか。皆、時の経つのも忘れ、とめどもなく飲み続けた。

午前二時を少し回った頃だろうか、五人はタクシー乗り場で別れた。哲郎は、やはり酔ってはいたが、なぜか脳裏の一カ所が妙に冴えている事に気が付いていた。

吐く息が白かった。

普通の人間は、もうとっくに寝ている時間なのに、この新宿という不夜城は、数十万いや数百万もの人の群れを飲み込んでは吐き出し、それをエネルギーに限りなく成長する化け物だ。

哲郎は、またぽつんと人の群れの中にいる。まるで、この化け物の餌食にでもなっているかのように思えた。

ビルの谷間から見上げる夜空は、晴れ渡っていた。そこには、この気違いじみた地上とは、全く違う別の世界がある。そこは厳しいが、真実が実在する世界のような気がした。

都会の夜空もそれだけを見ると、昔、哲郎が山荘で見上げた星空と同じだった。

そしてあの文字は、何だか自分をそういった世界に導いているような気がしてならなかった。

風がヒューと吹くと、星がキラリと光った。なぜか、哲郎を呼んでいるかのように……。

†

幸い哲郎の会社は、明日の十二月二十七日から一月五日まで正月休みに入る。

ちょうど良い機会だと思った。

しかし、妻と娘には何やら数日前から休日の利用計画が出来ているようだった。哲郎があの地方へ旅立つ事になると、その計画も根底から崩れてしまうだろう。いつも正月は妻の計画に従ったが、今回だけは哲郎の意志を通そうと思った。

顔を洗う水道の水が冷たく心地よい。今日十二月二十六日は、今年最後の出社である。タオルで顔を拭くと、朝食の席に着いた。テーブルに置かれた新聞に目を通していると、隣の背の高いイスに娘がチョコンと座った。

食事の支度が整ったようで、妻は正面に座ると、明日からの事を思ってか、嬉しそうにパンを焼き始めた。哲郎は、妻のしぐさをじっと見ていた。

結婚をして今まで、時は忙しく通り過ぎてきた。妻は、哲郎に一つも逆らわずについてきてくれた。金銭的にはあまり苦労はかけなかったと思うが、波瀾万丈の日々であった。

哲郎の所に来てからもう四年になる。そろそろ妻として、母親としての落ち着きも出てきたのかもしれない。哲郎は、そのおだやかなものごしを見ていると、つくづくいい妻、いい女だと思った。

こんがりと焼けたパンが哲郎の前に出される。それにバターを塗ると、一口食べた。カリカリという焼けたパンの感触が、まだ眠たい頭の中に大きく響いた。

哲郎は、あそこへ行こうと思っているという事を、いつ口に出そうかと見計らっていた。スープに口を付けていると、妻が娘にエプロンを着せながら、

「あなた、今度の休暇、何か予定があるんでしょう。私たちはいいですから、自由にやって下さいな」

と、明るい口調で言ってくれた。妻は、何もかもわかっているようすだった。

哲郎は、遠慮なく、

「おまえ、どうしてわかったんだ」

と聞くと、

「あなたのここ二、三日の顔を見ていれば、理由は何だかわかりませんけど、それは大体見当がつきますもの」

と言った。

そこで哲郎は、この二日間で起こった事を一部始終、妻に話した。妻が〝ばかばかしい事を〟と言うと思っていたが、それでも行くつもりで話した。しかし、妻は笑わなかった。それどころか、

「あなたの納得いくまで調べてみたら」

と理解ある答えだった。そう言うと妻は、

「お父さんの明日からの支度が、これから大変ね」

と、わざと娘に言って笑ってみせた。哲郎もニッコリとした。

†

会社に来ても、取り立ててすることもなかった。

自分の席でタバコに火を付け、今出されたコーヒーカップに目を向けていた。ちょっと大き

めのコーヒーカップは、ふんわりと湯気を立てて、外気で冷えきった体に心地よかった。

部下達が次々と席に着いて、周りはだいぶ賑やかになった。正月休みの話題がもっぱら話の中心のようだった。

「課長はどうなさるのですか」

若い女性の声と共に、哲郎も皆の話題の中に溶け込んでいった。しかし、あの事を部下達に話すつもりはなかった。

「まあ、とりわけ歴史探究の旅かな」

と、ちょっとふざけた口調で答えた。

そんな雑談をしていると、社内電話のベルが鳴った。重役からの電話で、哲郎はその楽しい集団から席を立った。

今日はとりわけする事もなかったので、上司の了解を得て、島川父子に会いに行く為にタクシーに乗った。二人とは、新宿駅東口の喫茶店で待ち合わせをしていた。哲郎は、その場所へ二十分も早く着いた。島川の親父さんの性格からして、遅れる事は出来なかったのだ。

昨夜は少し飲み過ぎたせいか、未だに食欲は湧いてこなかった。注文を取りに来た店の子に、トマトジュースを頼んだ。ちょっと細身のカップに注がれた赤いジュースがテーブルに置かれた。何だか体がぼんやりと熱く感じられて、良く冷えたジュースがとても快かった。深くソファーに座り直すと、先ほど駅の売店で買ったレジャー新聞に目を向けた。

　暫くすると、後ろで人が動く気配がするので振り返って見ると、そこには昨夜会ったばかりの顔と、大変懐かしい顔とが並んで立っていた。哲郎は、その顔が島川の親父さんだという事を、すぐに確認出来た。親父さんも哲郎を見て、懐かしそうに微笑んでいた。

　一八〇センチを越える身長の哲郎と同じくらいあった彼が、何だか数年前より少し小さくなったような、そんな気がした。しかし、例の背筋を伸ばした毅然とした態度は、哲郎の記憶のままの老紳士である。

「おじさん、久し振りです。お元気でしたか。いつぞやは大変お世話になりました」

　哲郎は、丁寧に頭を下げた。

「哲郎君だったね。幾らか太ったかな。しかし立派になって、元気そうで良かった」

　彼はゆっくりとした物静かな口調で、懐かしそうな目をして言った。

　三人は、一時間近くそこで世間話などをした。そして哲郎も、二人と一緒に刀剣の見学に行く事になった。剣道をやっているせいか、哲郎も刀剣に興味が全く無い訳ではない。三人は喫茶店から出ると、タクシーを拾った。

　刀剣博物館のロビーに着いた時は、十二時半になっていた。あまり大きくはないが、頑丈そうな建物がそこにあった。三人はチケットを買うと、島川の親父さんを先頭に、島川、哲郎の順で中に入って行った。

　館内には数人の見学者がいた。どこの博物館とも同じように、壁の部分がガラス張りの大きなケースになっていた。その中に大小様々な刀剣が陳列されていた。それらは、黄色っぽい光の中で怪しげな光を放っていた。

　右から回るのが順路だった。親父さんを中に挟んで、三人は順路に従って見て行った。親父さんの話では、どれも大変な名刀で、愛刀家には見逃せないものばかりだと言う。哲郎にはそこまではわからなかったが、それが大変素晴らしい物だと言う事は感じ取れた。

　どれも時代、場所、作者が異なっており、違った趣があった。彼らの地金は黒くうつり、刃はあくまでも白く光っていた。そのコントラストが実に美しかった。

　何振目かの前に来ると、島川の親父さんの目が今まで以上に輝いた。銘は安綱、二尺六、七寸はあろうか。月形に湾曲したその優雅な姿は、見るからに名刀の名に恥じない。国宝童子切りとしてある。

　親父さんはそこで立ち止まると、この太刀に由来する話を哲郎にしてくれた。それは、遠い平安の時代に、源頼光が、例の渡辺綱、坂田金時以下四人の四天王を従え、当時大江山に棲み、その地方を荒し回った鬼・酒呑童子を討伐に行った際に、頼光が腰に佩っていた太刀。まさにそれが、この平安期に作られた安綱であったと言う。そして頼光は、この安綱で見事その鬼・酒呑童子を成敗したという事で、後に〝童子切り〟という名物銘を受けているのだそうだ。一振《ひとふ》りの太刀にも、このような歴史が刻まれている事に哲郎は、深く感動した。

約一時間余りで、ほぼ見学は終了した。

島川の親父さんは、大変満足そうな顔をしていた。哲郎も、こんなにじっくりと刀剣を見学した事は今までになかった。日本刀、それはもう武器というよりも、完成された芸術。おそらく、世界最高の鍛え抜かれた鉄の芸術だと思った。

三人は、薄暗い光の中を出口に向かった。外の白い光が先にあった。暫く行くと、通路の右手にガラス張りのケースが鈍い光を放っていた。三人は立ち止まり、中を覗いた。そこには、今まで見てきた芸術的な作品とは対照的な物が横たわっていた。三尺近いその太刀の棟《むね》には、二、三の傷があり、刃區《はまち》から数センチの所に刃こぼれがあった。どこでどう戦われてきたのか、哲郎にはその誉傷が痛々しく思えた。作者が知りたいと思った。そして中心《なかご》に目をやると、そこには〝童子切り〟と同じ安綱の銘が刻まれていた。傷ついたその姿が、今まで見てきた何よりもまして怪しげで、魅力的だった。

名刀だと思った。哲郎は、その太刀を見ているうちに、一つの空想をしていた。

ガラスケースの中からこの太刀を取り出すと、自分の得意な上段に構えてみる。それは、重過ぎず軽過ぎず、大変バランスがよく、自分の腕の一部のように思える。そして、自分が作り出した鬼に、一太刀浴びせてみた。鬼は、血しぶきと共に真っ二つになって仰向けに倒れていった。

暫く哲郎は、瞑想の世界にいた。その世界から哲郎を一瞬にして引き戻したものがあった。それは、一つの文字。その文字は、この太刀の裏銘に刻まれていたもので、その押し形の中にはっきりと確認することができた。心臓の鼓動が高鳴り、体中が熱くなるのを感じた。

とっさに、説明文に目を向けると、こう書かれている。

「近年発見された中で、最も興味深い太刀である。作者は安綱、在銘、特に裏銘は興味深く、これは後《あと》で刻まれたもので、今から四百年から四百五十年ほど前と思われる」内容は、「穴神によって、この太刀で鬼が成敗された」と記されている。「この穴神に関しては、未だに不明。平安時代の作、安綱の名刀である」と書かれてあった。

哲郎は、二、三度それを読み直して見た。そして、発見された場所が、あの沿線地図に書き込まれていた地域だったという事も知る。

「穴神」不思議な文字。

それは、電車の中で消えてなくなり、再びここに蘇った。そしてそれは今、哲郎の目の前に確実に存在した。

「やはり実在する……」

哲郎は、説明文の一点を何時までも見つめていた。

哲郎達三人は、博物館を後にし、少し遅い昼食を共にした。それは懐かしく、和やかなひとときだった。しかし、哲郎の脳裏では、一つの言葉がより大きくなって映り、もう消えることはなかった。ともすると、ぼんやりしている哲郎を、二人は不思議そうな顔をして見た。それは、何かに憑かれたような顔だった。

二人とは四時少し前に別れた。二人は、ぜひ九州へ来るようにと何度も言ってくれた。


よく晴れた一日だった。大都会は、ゆっくりと黄昏ていく。高層ビルの長い影は、大きくその周りを占領していた。歩道橋の上に立ち止まると、タバコに火をつけた。西に傾いた赤い日の光が、哲郎の顔を照らしていた。

車内に消え、今日再び蘇った文字は、もうこの影のように大きく哲郎を占領していた。

「穴神……」

神か、人か、もののけか、それとも魔界のものか？　哲郎に対しての答えは、さっきの太刀の中心《なかご》に刻み込まれた一行の言葉だけだった。不思議なことに、自分の遠い潜在意識の中にそんな響きがあったような気がしてならなかった。そしてそれは、目に見えない一本の糸で、哲郎を呼んでいるようにも思えた。ビルの谷間に消えようとする赤い落日に、沿線地図のあの地

方へ旅立つことを告げると、また人の群れに吸い込まれていった。哲郎に気付かれないように
スーと木枯らしが、哲郎の後を追った。

†

お決まりの忘年会は、七時からだった。

哲郎は、Sデパートに向かっていた。以前にSデパートのスポーツ用品売場で、登山用品が置かれていたのを見つけていた。一応のものは揃えてあるつもりだが、ザイルだけは古くなって用を足さなかった。強度の強い良いザイルを買いたいと思っていた。そして、この三時間のうちにその用を済ませておきたかった。

Sデパートのスポーツ用品売場には、ありとあらゆるスポーツ用品があった。登山用品にしても昔とは違い、カラフルに多種多様なものが並べられていた。哲郎はザイルを買った。昔のものより細くても、強度は上回っていた。

まだ時間があったので、スキー、釣りと順々に見て廻った。どのコーナーでも、興味を注がれるものがたくさんあった。釣りのコーナーを抜けると、ナイフのコーナーがあった。ガラス張りのウインドーの中には、角形の刀型が冷たく光っている。それは、さっき見た日本刀とは

少し違っていた。同じシャープさはあるものの、ナイフは何故か機械的で、無表情で、冷たい感じがした。それは刃先がツンと上を向いていて、触れただけで切れ、あまり力を要せず、肉の中に食い込んでいくようだった。

ここに数分間足を止めていた。そろそろ時間にもなる。哲郎は、出口へと足を運んだ。

その時、店員の呼び止める声がした。

「何かお気に入りの品がございましたか」

普段の哲郎なら手を振って断わる所だか、その声に応じて向きをそのショーウインドーへ向けた。その店員は、色々と商品の説明をしてくれた。しかし、そんなものはどうでもよかった。さっきこの前で見ていた時、もしこの中で買うのだったらあれにしようと決めていた。それは、刃渡り十五、六センチぐらいだろうか、どこかのマークが入っていて、柄は苦いチョコレート色をした物だった。哲郎は、店員にそれを見せてくれるように頼んだ。

哲郎の手に渡ったその小さな武器は、ずっしりと重く、想像していた物に近かった。上に反り返ったその刃先を、左手の親指に当ててみた。短時間で納得し、このナイフを買う事にした。それには皮のケースが付いていた。


忘年会会場へと急いだ。タクシーの中で、なぜこんなナイフを買ったのかと、自分自身で考えていた。それも、いとも簡単に買ってしまったのだ。

やはりそれは、あの事に関係していた。

「穴神」という、何だか訳のわからないものに対しての、ささやかな防御の為にこのナイフを買った事を、哲郎は知っていた。

第二章 † 白い山

昨夜の忘年会は部下に付き合ったため、家に帰り着いたのは、夜中の三時に近かった。娘の可愛い「おはよう」の挨拶に起こされた時には、すでに午前十時を回っていた。娘を抱いて起き上がると、窓越しに入ってくる朝の光が眩しかった。

昨夜のアルコールがまだ体の中に残っていて、昨夜の賑やかな人混みのどよめきが、まだ遠くに聞こえてくるようだった。

明朝、旅に出る予定だが、都会とは全く異なる世界へ旅立つのに、心の準備がまだできていない。これから行こうとする所は、神聖で、妥協を許さない厳しい世界だ。哲郎のアルコール付けの体を、たぶん快く招いてはくれないであろう。

妻に頼んで湯を沸かしてもらうと、朝風呂に飛びこんだ。汗と一緒にアルコールが抜けて行くようで気持ちが良かった。

風呂から上がると、妻に頼んでおいた荷物に目を通した。いつものように全てちゃんと揃っていた。今回は、「穴神」という文字から考えて、穴に拘ったため、懐中電灯やライターなど、明かりを灯す事の出来る物を多く準備した。懐中電灯は三個。ライターは使い捨てを十個。それに、頭に付ける事ができる小型のスポットライトを一個。妻があきれる程用意した。また、寒い所へ行くと言う理由で、ブランデーも何本か買った。

哲郎は、それに昨日買ったザイルと例のナイフを添えた。少し考えて、それに非常食用のするめとカンパン、チョコレートを買えば、ほぼ完璧だと思った。

真冬の陽が早く暮れる頃、長い影を歩道に映して、哲郎と娘の愛は、近くのコンビニエンスストアーに買物に行った。その大きな影と半分もない小さな娘の影は、近付いたり離れたりして、楽しそうに遊びながらプラタナスの歩道を歩いて行く。

コンビニに着くと哲郎は、するめと乾パンを買った。チョコレートを探すのは娘の方がベテランで、娘の立ち止まった前にみごとに並べてあった。娘はにこりとすると、いつも買っている粒型のを取って、哲郎の持っているカゴに入れた。哲郎が板型のものを十個カゴに入れると、娘は自分のをもうひとつカゴに入れた。二人共、顔を見合わせるとニコリと笑った。

帰り道は、影はひとつであった。ただその影は、哲郎が愛を肩車していたので、来る時よりも長かった。冬の風は冷たく、娘の頬は赤い頬紅を丸く塗ったみたいで、何処かのマンガに出てくる女の子のようであった。

†

準備は整った。

今日も空は晴れ渡り、西の空に夕陽がオレンジ色に輝いている。その空の下に哲郎が明日出かけてゆく旅先があった。一点の曇りもない夕陽の輝きを見ていると、深い寒さと同時に、何にも犯されていない新鮮な世界が自分を待っているのだと思った。

出掛けに妻を軽く抱いて、口づけをした。それを見た娘も、両手を広げて抱きついてくる。哲郎が抱き取って頬ずりを交わすと、娘は納得して妻の元へと移動した。

リュックを背負い、マンションの外に出た。上を見上げると、妻と妻に抱かれた娘が、ベランダでいつまでも哲郎を見送っていた。哲郎は、もう一度振り返ると、駅の方へと歩いて行った。周囲の畑にある白菜の葉に白い霜が降っていて、キラキラと輝いていた。

幾つかのトンネルを抜けると、横瀬町を経て秩父市に入る。最後のトンネルから山間の杉木立の中を走って来た列車は、明るく開けた秩父盆地へと入ってゆく。

終点の西武秩父駅で下車して大きな歩道橋を渡り、駅のロータリーまで出た。そして、目的の志賀坂峠方面行きのバスが、一番ターミナルから出る事を哲郎は確認した。

次の乗車までまだ時間があったので、駅の立食そば屋で天ぷらそばを食べた。志賀坂峠方面行きの一番ターミナルのベンチに腰を下ろして一休みしていると、正面に、山頂を削り取られた大きな山が目に入った。それは、石灰石を採掘している秩父の名山、武甲山である。

その名の如く、昔は、武士の甲《かぶと》に似た雄大な姿であったと言う。今は、山頂付近から中腹までが採掘によって石灰岩の肌をむき出しにされてしまい、昔の面影は全く無くなってしまったと言う。

秩父地方ではこの武甲山は、遠い昔から、神のおわす山としてこんな言い伝えがある。

武甲山におわす男神と、秩父市の中心にある秩父神社の女神が、年に一度の十二月三日に、秩父公園にある亀石の上で逢い引きをする。そんなロマンチックな愛の物語である。

年に一度のその日には、六台の絢爛豪華な笠鉾や屋台が、男っぽい豪快な太鼓のリズムに乗り、一台に付き数百人もの引子を供って秩父市内を所狭しと練り歩く。

山の男神は亀石で女神を待ち、その夜には、秩父神社の女神が、この豪華な数百もの提灯や雪洞に包まれた屋台に乗って、男神の待つ亀石まで数千の引手によって導かれる。

この亀石を半円形に取り巻く六台の笠鉾や屋台が、かがり火や自分達がまとっている数百、数千という提灯や雪洞の揺らぐ光の中で見せるその雄姿は、夜中の暗がりの中で例えようもない程美しい。それこそ、京の祇園、飛騨高山と並び、日本三大引山祭りのひとつと言われるあの有名な秩父夜祭りである。

そんな事を思っていると、哲郎の前に志賀坂峠方面のバスが入って来て、出発までの時間待ちをしている。暫くすると、エアーの抜ける音を伴い、バスのドアが開いた。それに乗り込むと、数人の人達が後に続いた。それほど多くの乗客もないので、大きなリュックを足元へ置いた。バスはゆっくりと動き出すと、国道一四〇号線を左へ曲がり、秩父市内を行き、国道二九九号線へと入る。

秩父市の中心を走る秩父鉄道の踏切を過ぎると、秩父神社の前を通り、今度は右へ曲がる。バスは、狭い秩父盆地の中に密集する家並の中を、小鹿野方面へと向かう。荒川に架かる大きな橋を渡ると、田園風景がのんびりと続く。少し風が強いのか、杉木立の中の竹やぶが揺れていた。畑の向こうの広場で、子供達が元気良く遊んでいるのが見える。その中から、凧が二、三青空に舞い上がっていた。

そんな風景の中、国道二九九号線を小一時間も行くと小鹿野町に着いた。乗り換えのため、哲郎はバスを降り、こぢんまりとした清楚な街並みを少し歩いてみた。とても感じの良い山間の街だった。

哲郎は、再び小鹿野町役場前から志賀坂峠方面坂本行のバスに、十人余りの人達と一緒に乗り込んだ。小鹿野町を抜けたあたりから、バスは狭谷を赤平川沿いに登って行く。隣に座った老人が、

「こんな大きな荷を背負って、何処まで行きなさる」

と哲郎に話しかけてきた。

その老人の微笑む顔がとても良かったので、老人と暫く話をした。飯田という所を抜ける時、小さな学校のそばに八幡神社があった。老人は目を細めると、こんな話を哲郎にしてくれた。

「この飯田の八幡様はの、明治の時も、昭和の時も、戦《いくさ》という戦にはいつも出陣なされてな、懸命に戦ってきなさる。儂《わし》の姥様の話だとな、明治の大戦の何日か後にな、降りしきる雪の中を長いぼろぼろになった外套を身にまとい、杖を頼りに八幡神社の階段を登って行く背の高い見知らぬ人を見たと言ってな、その御方は階段を登り終えると、『すうっと』消えてしまわれたそうじゃ。その御方こそ戦勝をもたらしてくださった、八幡様の化身だったと言っておった。この飯田の八幡様は、ほんに有り難い八幡様じゃ」

遠い昔を思い出すように話すと、

「此処の八幡様の祭りはな、鉄砲祭りと言ってな、境内を駆け上がる馬の両脇から数百もの鉄砲が火を噴くとな、その響音はこの村中に響き渡ってな、それはそれは豪快なものじゃよ」

と嬉しそうに教えてくれた。

そんな話をしていると、飯田から二つ目の停留所でその老人はバスから降りて行った。

「若い人、気を付けてなあ」

微笑む顔が、またとても良かった。

いよいよ両側の山が迫ってくると、白い石灰質の山肌が見え始める。狭く曲りくねった道を赤平川沿いに登って行くと、終点の坂本まではもうすぐだった。バスは、二子山荘という民宿の前のロータリーで一周すると止まった。

午後二時を少し回ったところだった。降りる人は、哲郎の他には三人だけで、皆家路を急ぎ、寒風の中を別れて行った。

哲郎が、リュックを背負いかけていると、バスの運転手が、

「あれが二子山だよ」

と、西陽に輝く白い石灰質の岩肌の山を指差した。

哲郎は運転手に、「穴神」の事を聞いた。

待ち時間もあって、運転手は気軽に話に乗ってくれたが、「穴神」などと言う神様は聞いた事もない、とはっきり言われた。この地域の事なら、志賀坂峠の登り口にある民宿岳人のおやじさんに聞くといいと言われ、哲郎はバスから降りた。

運転手に教わったままに、坂本部落を志賀坂峠の登り口の方へと歩いて行く。まだ午後三時前なのに、狭谷の村は短い冬のためか、その半分以上を山々の影に覆われていた。それだからなおさら、西陽に輝く白い山は、増々その白さを増していたのだろう。名前の如く石灰質の二つの白い岩山が、遠く北国の雪雲の比ではなく、青い冬の寒空の中、金色に肩を並べて輝いていた。

第四章　†　招く沢

民宿の窓を開けると、昨日とは打って変わって雪が舞っていた。杉木立を背景に降る雪は、増々雪の白さを鮮明にして、その寒さを強調していた。民宿の主人は、この地方の雪は一日で終わるから、今日の登山はやめた方がいいと言ってくれる。哲郎は、雪も寒さも今回の目的の一つだと言って、登山の支度を始める。今の哲郎の心の中では、自然に親しみたいという気持ちの方が、危険に関わる事を恐れるより大きくなっていた。

昨夜リュックにはほとんど手を付けていなかったので、支度は数分とかからない。顔を洗い、民宿の浴衣から、吊してある登山用のウエアーに着替える。哲郎は一つ一つ防寒を確かめながらゆっくりと身に着けていたが、心はもう厳しい大自然の中を歩いていた。

朝食をとり、ダルマストーブの周りで御茶を頂いた。奥さんも御主人と同じ事を言って心配してくれる。哲郎は有り難く聞くのだが、気持ちを変える事はなかった。

ダルマストーブのやかんの口から蒸気がゆらゆらと上がっている。哲郎はぼんやりとそれを見ながら、昨夜、此処の御主人や奥さんに、「穴神」などと言う言葉は聞いた事もないと言われた事を思い出していた。此処の民宿の御主人なら、この地方の事はほとんど知っていると言われて訪ねて来たのだが、結果は良くなかった。

ぼんやりとしていると、奥さんがまた御茶を勧めてくれる。時計を見ると午前七時になっていた。

ここは志賀坂峠の登り口。すでに標高は数百メートルはあろうか。外は紛れもなく氷点下である。

哲郎は、白と黒のアーガイル模様のツェイターの上から防水の効いたエンジ色のジャンパーを着ると、グレーのニッカポッカにもう一度防水スプレーを効かせた。土間に置いてあるリュックにも同じ事をする。しかし、今時のカラフルなナイロン製のリュックとは違い、哲郎が学生時代に使った布製の古い物だから、どこまで通用するかは疑問であった。奥さんに会計を頼んで土間に下り、これもまた学生時代に使ったドロミテの革製の登山靴にクリーム色の厚いソックスを履いた足を入れる。登山靴は馴染んだ物の方がより良い。上からブルーのナイロン製のスパッツを巻くと、スパッツにも靴にも、またスプレーを吹き掛けた。

奥さんに宿料を払うと、御主人が出て来て、この地方の山は石灰岩で出来ているから、特に双子山はそれが露出していて雨や雪の日は滑り易いので気を付けるようにと言う。哲郎は無理はしない事を二人に約束すると、リュックに手を掛ける。すかさず御主人が手伝ってくれて、リュックは幅の広い哲郎の肩に載った。

「山本さん三十キロ以上はあるな。本当に何かあったらすぐ帰って来なさい」とまた心配してくれる。哲郎は笑って答え、ナイロン製のブルーのポンチョでリュック共々体を包んだ。

「御主人、奥さん、出掛けます。今日は双子山と叶山の間を抜けて、中里村あたりに泊まる予定です。本当に良くして頂いて有り難う御座居ました」

哲郎が頭を下げると、二人はもっと深く頭を下げた。それは哲郎の無事を祈っているようにも思えた。

入口の戸を開けると、寒風が哲郎の頬を突いた。グレーの毛糸の帽子の上にもうひとつポンチョの帽子をかぶせた。

哲郎は、今日は厳しい登行になると思ったが、なぜか嬉しかった。この位の雪は学生時代に経験があったし、五センチ余り積もった雪が自然をより神聖な世界にしてくれている。自然のかけらも無い東京という大都会。あの通勤時の酸欠列車の苦痛から思えば、哲郎にしてみればここは天国にも思えるのだった。

　未だ何の手掛かりも無い「穴神」だが、この自然の中に今自分が居る事だけで充分満足出来る気がした。

「穴神」は、沿線地図上では確かにこの近くにある。安綱の解説文の中でも確かにこの地方なのである。腰にぶら下げている地図を見ると、すぐに民宿の前の自動車道を右に登って行った。まだ朝も早いせいか、二、三台の車しか通っていないようで、道は白く綺麗だった。しばらく登って行くと、ちょうど右に大きく曲がる所に、双子山登山道と標識が立っていた。

　自動車用の峠道から山道へと入って行く。泊った民宿の赤い屋根を下に見ながら、開けた所を少し歩く。天気の良い日だったら双子山が目の前に見えるはずであるが、雪は思いがけなく量を増して、視界は大分悪くなっている。三十分も歩くと、下りになった。少し歩くと沢に出た。沢を渡った所で防寒用の手袋を取り、一服する。タバコの煙が、こんなに優しく感じた事も久し振りであった。哲郎はまた地図を見た。磁石と合わせて位置の確認をする。このような天候の時は、満遍無く自分の位置を確認しなくては危険を招じる。

　山道も狭く雪が多いと、森の中の道は良いのだが、ガラ場や開けた所へ出た時に山道の確認をするのが難しい。もし「穴神」の事が無かったら、哲郎も引き返したかも知れない。雪はそれ程この地方には珍しく降り続いている。一時間足らずの間でまた五センチは積もったろう。近くにあった棒切れで深さを計ると、すでに十センチはあった。

哲郎は手袋を着けると、双子山を目指した。今度は森の中の山道なので雪が少なく、道を誤る事はない。一時間足らず歩くと開けた所へ出た。雪は十五センチを越えている。視界も増々狭くなっている。山道も勘を頼りに登って行くしかない状態であった。それでも哲郎は登った。自分の位置の確認をし、拾った木の枝を杖にしてまた道を行く。

森を出た頃には風も大分強くなり、体温を強風に吸収されるのがわかる。氷点下をおそらく大きく下っているだろう。哲郎も雪山の経験はあったが、これ程の大雪の中の登行は始めてだった。

森を抜けるまではほぼ予定通りだったが、それからの一時間は予定の半分も進んでいなかった。時計はもう十時を回っていた。流石に哲郎にも焦りが招じた。民宿の主人の言葉がよぎる。引き返そうか…哲郎も考えた。この地方の雪は二日は続かないと言う。体力や気力は十分ある。また、分別もしっかりしている。問題はこの雪だけなのである。雪で道が消されさえしなければ、これ程の苦労は何とも思わない。最後の進退を考えながら少し歩くと下りになった。しばらく行くとまた沢に出た。

地図と磁石で自分の位置を確かめた。見ると地図上で二本通っている沢の一本であった。地図を見るほんのわずかな時間でも、ビニールの地図のブックの上に雪は容赦なく降り続いた。哲郎の指はその沢を遡《さかのぼ》っていく。確かにその沢を登りきった所に、部落らしき印が示されていた。地図は雪ですぐ白くなる。もう一度手で雪を払って確認した。確かに何かがあった。

沢の中央に立って沢を仰ぎ見た。視界が悪いのですぐ近くしか見えない。沢幅は約十五メートル位で、水量もそれ程ではない。幸い雪なので、一度に水が出るという事もないだろうと哲郎は考え、もう一度地図に目を通す。ビニールのブックの目盛りからすると、一・五キロメートル足らずでこの沢の水源まで行ける。その位置は、たぶん双子山と叶山との中間の尾根地帯に思えた。そこから北西に下りれば中里村に出られるはずであり、そこから南方面すなわち左に向かえば部落があるはずであった。今は十時三十分。周囲を揺るがす風が雪を促す如く、哲郎の心を「穴神」と言う言葉が促している。

沢の一方に立っている楓の大木も、風に吹かれて手招きするように哲郎を呼んでいる。

哲郎は決心した。沢登りである。夏に経験をしているが、視界の悪い先の見えない沢登りは容易でない事を哲郎は承知している。だが、あえて決行するのは、雪で消された山道を見つけながら登行するより、沢が道をつけてくれる方を哲郎は選んだ。

リュックのサイドポケットのザイルを確認すると、哲郎は沢を登り始めた。始めの溯行は順調に進んだ。斜度がまだ弱いので、沢の脇を右や左に変えながら登る事が出来た。暫くして大きな針葉樹の下で一服し、位置の確認をした。出発地点から数百メートル以上は進んでいた。まだ一時間余りしか費やしていなかった。

　哲郎は自分の選択が間違っていなかった事に気分を良くした。だが不気味な雪はまだ止む気配はなく、視界は増々悪くなるばかりであった。

　突然哲郎の後ろで木々が雪の重みを跳ね返し、雪が雪崩落ちた。それから哲郎がいくらか登ったあたりから渓相が変わってきた。今までとは異なり、沢底はチャート岩の岩肌がもろにむき出しにされ、大きな岩を一つ一つ越して行かなくては溯行出来なくなった。沢の両側も全く余裕が無くなってきていた。

　それでも水かさが無く、まだ沢水に体を濡らす事無く溯行する事が出来た。重いリュックを背負い、二十センチ近くも積もっている雪を分けながらの溯行は、想像を絶する辛いものがある。おまけに濡れた岩肌は滑り易く、非常に危険であった。

　哲郎は、この極限に近い自然の中を黙々と登って行く。いや登って行くのではなく這い上って行くという方が正しいかもしれない。

　一つの大きな岩を這い上がった時、息を飲んだ。登り始めた時は視界が悪くて遠くが見えなかったのでわからなかったのだが、さっき見た地図上でやけに等高線が狭かったのを思い出した。哲郎のミスである。始めて哲郎の口から溜め息が漏れた。地図上ではもう水源まで三百メートル足らずだというのに、等高線からすると百メートル近い落差があることを改めて知った。完全な哲郎のミスである。あの時雪で等高線を見落としたといった所でどうなる事でもない。時計に目を向けた。もう午後一時を過ぎているが、先の休憩から幾らも登って来ていない気がする。地図を見てもあまり自分の位置が進んでいないことがわかった。

今、哲郎の前に立ちはだかっているものは、俗に言われる「不通《とおらず》」である。沢の両側に目を向けるが、遠巻きにするのにも視界が悪くて溯行計画が立てられない。リュックを、雪が平らに積もっている所に置くと、リュックのサイドポケットからザイルを取り出し、自分は降りしきる雪の中でリュックに腰を下ろし、別の側のサイドポケットから民宿の奥さんの作ってくれたむすびを取り出した。開けてみると、すでに固く冷えきっていたが、巻いてくれたのりの香りが少しした。今までは必死で動いていたので寒さもあまり感じなかったが、体を休ませていると、指の先から氷ってきそうな気がした。こんなコチコチのむすびでも大変旨い。自然に涙が出てくる。悲しく情けない、そんな涙ではない。それは、この神聖な大自然の中に自分が参加している実感の涙であった。

テスタロッサの水筒に詰めた水は凍って使えないが、すばらしい天然水が哲郎の脇を流れていた。両手で水をすくい飲み干した。温かくて気持ちが良かった。もう一方のテスタロッサに詰めたブランデーを取り出し、一口流し込む。ブランデーの甘さが口いっぱいに広がる。生きている尊さにまた涙が溢れた。涙のしょっぱい雫を舐めると、またブランデーを一口呷った。

哲郎は立ち上がると、「不通」を睨みつけ、溯行を考えた。「不通」は、幅十五メートル高さ二十メートルの黒緑色をした一枚の大岩が中心で、その中央を沢水が流れ落ちている。幸い水量はそれ程多くなく、滝と言う程のものでもなかった。岩の両脇は全く水が流れておらず、隣接する岩々の窪みに植物が根を張っている。

哲郎はもう一度左右を見回し、遠巻きを見当するが、視界が悪いので何ともいえなかった。「不通」は右側より左側の方が、隣接する岩との間に植物が多い。この植物やそれらの根を利用して登る事に決めた。即ち向かって左側を登る事に決めたのだ。哲郎は手にしていたブランデーを、もう一度ゆっくりとではあるが十分に口に含んだ。休んでいて冷えた体が暖まるのがわかる。またそれは、哲郎の気力にも火を灯してくれた。

持ってきたザイルは三十メートル。それを自分のベルトに固く結び、自分が登って行く下にリュックを置き、その背負い帯に強くそのザイルを結び付ける。到底リュックを背負って登る事は困難である。自分が上まで登ってから、このザイルで下のリュックを引き上げる計画だった。

哲郎は、大岩と隣の岩の左側の境を、狭い足場を頼りによじ登って行く。何度か滑ったりはしたが、なんとか半分位まで登った。ここから先は割と植物が多く、見た所では今までよりも簡単そうに思えた。哲郎は植物を利用して順調によじ登って行った。格好な所に枝が出ていた。

時間の事で気も焦っていた。一気に稼ごうとして、左手をその枝に添えた。少しゆらいだような気がしたのですぐに右手も枝に添えた。哲郎の体重はその瞬間すべてその枝に掛かった。冬で枯れ枝の見分けがつかなかった。

「ばき」

枝が折れると、哲郎の左足だけ残して体が宙に舞った。ここからだと下まで十メートル以上はある。おまけに下は鋭く尖った硬い岩板である。哲郎は観念しながら仰向けに落ちて行った。

「ばあん」

大きな衝撃と共に雪しぶきが人形に舞った。それはとても綺麗に見えた。白いはずの雪が金色に輝いて見えた。そのままテレビのスイッチが切れるように何も無くなると、何も感じなくなった。とてもいい気持ちなので、そのままでいた。哲郎は、顔に飛び散る沢の水も全く感じることができないでいた。

どれほどの時間が経過したのか。頭の中の右側の方から白い光が入ってきた。今哲郎の意識の中にあるものは、それだけだった。ただその白い光は少しずつ大きくなってきて、頭の中の全部が白い光でいっぱいになった。すると、次に音が聞こえてきた。それは水のしたたる音だ。ピチャピチャとその音もだんだん大きくなってきた。そしてその水音は自分の顔に当たり跳ねて飛び散っていた。と、今度は目が開いた。見えるもの全てが金色に輝いていた。目に見えるものがまだ端の方と中央とが一定せず、少し歪んで見えた。体はすぐに動かす事が出来なかった。水の雫が顔に当たって飛び散っていたが動けない。そのままにしていると、見えるものが正常になってきた。すると手足がかすかに動くようになった。暫く様子を見ていると、ゆっくりだが体を起こす事ができた。

哲郎は、「不通《とおらず》」岩に背を持たせて考えていた。

落ちたのだ。そう、「不通」の上から落ちて助かった。そう思い出した。ぼんやり周りを見回すと、哲郎の体の形が雪の上に残っていた。見ると哲郎の右肩はリュックの上へ、左肩は雪をクッションに沢脇の流木の上に落ちていた。リュックと流木の中間にちょうど哲郎の頭が落ちた。そして、運良く雪がクッションになり、毛糸の帽子と共に哲郎の頭を守ってくれた。哲郎は軽い脳震盪で済んだのだ。体全体に痛みがあったが、雪のおかげで骨には異常がなかった。我に帰ると、時計に目を向けた。いくらも時間が経っていない。沢水の雫にも助けられた。そのまま眠っていたら、まちがいなく凍死していただろう。立ち上がると、痛い頭を抱えて少しふらふらした。

リュックにもたれてブランデーを口にした。ブランデーの刺激が心地よかった。

まだ時間はあると思い、軽く体を動かして、もう一度登り始めた。今度は二度目なので、さっきの所までは早く登れた。今度は慎重に確認しながら登って行った。最後の岩に手が届いた。全身の力をふりしぼって、体をよじりながら右肘を岩の上に載せた。次には左。あとは簡単だった。登り切った所で雪の上に大の字に横になって空を見上げた。雪が音もなく哲郎めがけて襲ってきた。頬に当たる雪は心地よい冷たさを与え、次々と玉砕して消えて行く。自然は有り難い。雪の粒が哲郎には滲んで見えた。

沢上の方を見上げると、今度はかすかだが、尾根の稜線が見えた。哲郎に始めて白い歯が覗いた。でもまだ尾根まで二時間はかかるだろう。

ベルトからザイルを外さずに、ザイルを手繰った。約十メートル手繰った所で、ザイルはピンと張りつめた。やはり二十メートル近い高さがこの「不通」にはあった。今度はザイルをベルトから外し、近くのしっかりした木に慎重にくくりつけた。哲郎にしてみれば、三十キロ位のリュックを二十メートル持ち上げるのはそれ程難しくはないが、落ちた時に打った左肩が大分痛くなってきていた。

自分の右手にザイルを二重に巻くと、右手一本で体ごと五、六メートル後ろへ移動した。手頃な木にロープを括り付け、同じ動作を四、五回繰り返してリュックを無事に上まで引き上げた。

ザイルを元のサイドポケットに戻すと、リュックを背負い易い高さの岩の上に置き、痛む左肩から腕を入れて背負った。それから幾つかの淵を溯上すると、ガラ場に出た。そこは、足元の良い所を選んで割と楽に登れた。雪にもかかわらず、二時間余りで尾根に出る事ができた。

第五章 † 美しき女《ひと》

この頃から雪は少しずつ小降りになり、かわりに風と寒さが増してきた。地図を取り出し、沢を登る前に見た部落の位置を確認した。確かにこの尾根を南へ、すなわち左に進めばそこに行き着く筈だ。もう四時を過ぎている。到底中里村など行ける筈がなかった。電灯とシラフは持って来ているが、予想外の雪でこんなに時間が狂うとは思っていなかったし、この雪の中でシラフだけでは、幾ら良い場所を探しても野宿は難しく思えた。多分これから晴れてくると温度がどんどん低下していく。恐らく氷点下十度以下になることは間違いない。シラフに含んだ水分が全て凍り付いてしまうだろう。そうなると、防寒の役など全くしない。また、木々も雪で濡れ、焚き火さえ難しい。

思ったとおり空が割れ始め、早くも冬の夕刻の空には、雲の割れ目から星が輝き始めていた。

風も向きを変え、今は完全に北から吹き付けていた。尾根を左へ暫く行くと、右側に雑木林が見える。その雑木林は、北風を大分防いでくれた。

　空も殆ど晴れ渡ると、月明かりで歩行する事ができた。顔に当たる風は痛い程だが、動いているせいで、指先以外は割と寒さは感じない。この雑木林を右側にして、後に双子山、前に叶山、左側に登って来た坂本方面の里明かりを見ながら、三十センチは積もった雪の中を一時間近くさまよい歩いた。新雪の表面は厳しい寒さのせいで、既に凍り付いていた。風が時々雪を舞い上げ、それを月明かりが巧みに光り輝かせる。満天の星はその輝きに応えるかのように一層その輝きを増していった。

　黒く浮かび上がる叶山の稜線は、巨大な大古の恐竜のようである。こういった自然の励ましがなければ、哲郎も、もうとうに根を上げていただろう。リュックに付けたブランデーが飲みたいと思ったが、リュックを下ろすまでの気力がなかった。近くの雪を掴むと、口に押し込んで我慢した。

　深雪を一歩一歩確かめながら行くと、右側の雑木林が途切れた。切れ目から見えたその風景は、あまりにも不思議でもあり不気味でもあり、哲郎が今までに見た光景の中で、これ程何かが潜むような光景は目にした事がなかった。風景《けしき》自体が巨大な生物で、ゴーゴーと鳴る風の音は、その生物の呼吸のように思えた。

こんなでこぼこな岩だらけの石灰質の山中なのに、ここだけが平らで、それも直径二百メートル位の綺麗な円形を形成していた。その大きな円形の中心より少し東側に直径五メートル位の小さな池があり、その池から流れ出た水が西に向かって、ほぼ一直線に小沢になって流れ出ていた。そしてその流れは高さ五十メートルもあろうかと思われる恐竜の歯のような巨大な二つの真黒い大岩の、たった二、三メートルしかない歯のすき間に吸い込まれるように流れ落ちて行くのである。南側はこのすりばちの中でも一番背が高く、二百メートルは優にある。切り立った岩肌に白い雪が斑模様を作っていた。それは綺麗に円を描いて背を低くしながら東へと伸びてきて、今、哲郎の居る所まで続いていた。

哲郎の居る所でさえ五十メートル位の高さはあった。そして哲郎の所から北側にかけて、円の四分の一だけに森林がひろがっていた。月明かりと雪明かりに写し出されたこの光景をじっと見ていると、小沢の脇にある赤黒い色をした臼《うす》のような大石が、その大円の中心を示していた。その大石を傘のように一本の楓の大木が葉を落としながらも、大石を守るように包んでいた。

月明かりに照らされた銀色の小沢を辿って行くと、そこにそそり立つ一対の大岩の狭い透き間に、遠くくっきりと正三角形をした山が望めた。これは偶然だろうか、本当に自然が作ったものか、はたまた人間が何時か遠い昔に作ったものか、それとも神……。

「穴神……」

此処は神聖な神々のおわす所か……。

それとも魔者達の住み家なのか……。

哲郎は、長い間じっとこの不気味な光景を見つめたまま動かないでいた。風が北側の林を揺らした。その時、目は確かに自然の光ではない明かりをとらえた。我に帰ると、今の自分の置かれている立場が容易でない事に気づいた。

もう午後七時に近い。早く部落を探さないと、自分自身の身が危なかった。

明かりは確かに北側の林の下方で光った。体も長い間立ち止まっていたので、芯まで冷えてしまっていた。手足はしびれてきたし、顔面の感覚は全く掴めなかった。急いで動き始めた。北側を木々に掴まりながら下りて行く。十分位下りた所で人家の明かりを確認する事ができた。

哲郎は、つくづく運がいいと思ってほっとした。その家まではもう百メートル位だろうか。体は急ぐのだが、雪の為に簡単には進まない。転がり滑るようにして家の近くまで来た。家は北側の斜面を背に、そこに生えている針葉樹に守られているので、殆ど北風を受けていなかった。

小高く石を積んだ上に小さな平家が載っていた。山小屋のように背が低い。積雪のせいか、増々その低さを感じた。哲郎が石垣の下から覗き込むと、左側の部屋の窓に微かに明かりが漏れていた。古い家だが、太い材木を使って頑丈に作られてあった。軒下に茜色の布が掛かっていて、無彩色の中でそれだけがなぜか鮮明で不気味な気がした。

突然縁側の下から白い犬がまりのように飛び出して来て、哲郎に吠えかかった。初めはびっくりしたが、人が居る事がわかると、却《かえ》ってほっとした。右側の部屋に明かりが灯って、右端の戸が開いた。中から現れたのは女性であった。

「どなた様です？」

哲郎は、犬が吠えているので答えられなかった。それを感じてか、その女性は、

「シロ、シロ」

と二回呼んだ。犬は主人の足元まで行くと、こちらを向いて止まった。

「夜分誠にすみませんが、この雪で予定通りに目的地まで行けず、軒先でもお借り頂ければ、誠に有り難いのですが……」

女は、少しの間哲郎を黙って見ていた。哲郎も女の顔をじっと見つめていた。月明かりに映し出されたその女は、美しかった。背をすっと伸ばした立姿は雪の中で本当に綺麗に映っていた。女が少し微笑むと、

「入って下さい」

と、はっきりと言ってくれた。哲郎は安堵感で膝がぐらついた。女の後から中へ入って行くと、女は木戸を閉めて内側からかい棒をした。入った所は土間になっていて、右側にかまどが二つ

並んでいた。奥には黄色いわらが積まれていて、とても暖かい気持ちになった。

哲郎はリュックを下ろそうとして少し左肩をかばった。やはり相当痛い。リュックを置くと、丁寧にお礼を言った。

家の中は、右側が土間で左側が板の間になっていて、そこに大きな囲炉裏があり、天井から大きな自在《じざい》が掛かっていた。女は口をきかずに、薪を囲炉裏にくべた。種火があるのですぐに赤々と燃え上がった。土間のかまどから鍋を自在の鉤《かぎ》に吊るした。

哲郎は、有り難かった。見ず知らずの突然の訪問者を、この女は暖かく迎えてくれたのだ。特に生死の境といっても大げさではない状況の中で、このようにしてもらえた事は哲郎にとってとても嬉しいことであった。

「御主人様は何処かにお出掛けですか？」

哲郎はたずねてみた。こんな山中に女一人で住んでいる訳がないと思ったからだ。

「此処の部落は私と先程の犬だけです」

凛とした答えが返ってきた。哲郎はびっくりした。そして増々恐縮した。

哲郎が立ったままで居るので、女は早く靴を脱いで囲炉裏の傍に来るように促した。哲郎が、土間を借りることが出来れば充分だと言うと、

「痛い体を土間で冷したら増々悪くなりますよ」

と言う。女は哲郎の体の故障を見抜いていた。

哲郎は言われた通りに上がり框《かまち》に腰を掛けスパッツを取り、登山靴を脱いだ。足の指には全く感覚がなかった。登山靴を通して芯まで濡れているのに、濡れている感覚さえなくなっていた。もう少し外に居たら……。ぞっとした。

女に言われるままに濡れた物を脱ぎ、ツェイターとニッカポッカで囲炉裏の傍に座った。哲郎の体は、囲炉裏の火の中へ入れてしまっても平気だと思われるくらい冷たくなっていた。女は哲郎の正面に座ると、『志津』と名前を告げた。哲郎も『山本哲郎』と名乗り、東京から来た事を話した。それから暫く二人は黙って火にあたった。志津は深い藍色と薄い藍色との縦縞の絣の着物を着ていた。きちんと正座し背を伸ばして座っている姿はとても美しい。さっき月明かりで見た時も美しい人だと思ったが、ろうそくと囲炉裏の火の明かりではっきり見たこの女性は、美しいだけでなく品格も備わっているのを感じるのであった。

囲炉裏の鍋が、旨そうな香りを漂わせていた。志津は、大振りな木のお椀に、鍋の野菜と味曽仕立ての汁を十分に盛って哲郎に与えてくれた。哲郎も遠慮せずにそれを頂き、熱いのも忘れて口に持っていった。あまり熱かったので最初の一口を元のお椀に戻した。志津はそれを見て笑い、哲郎も頭を掻きながらてれくさそうに笑った。哲郎は手の中の熱いお椀を恨めしそうに見た。それを見てまた志津が笑う。哲郎はもうなりふり構わず早く冷まそうとすると、また志津が笑う。やっと猫舌の哲郎でも食べられるほどになると、今度は大振りなお椀のそれをひといきに食べてしまった。志津は、今度は姿勢を崩して笑った。そしてまた、十分に野菜汁を盛ってくれる。三回お代わりをすると哲郎は満腹になり、体も芯から暖かくなってきた。鍋の汁は殆どなくなって、香ばしい味噌の焦げる臭いが漂った。

哲郎の体が暖まるにつれ、左肩の痛みが増してきた。感覚が戻ってきてキリキリと痛み出した。

志津が立って奥の部屋から戻ってくると、手には小さなつぼを持っていた。

「山本さん、左の肩が痛いようですね。もし打身でしたらこの薬を塗っておけば随分良いかと思います」

と言い、哲郎の前に差し出した。

「何から何まで、本当に有り難う御座居ます。大げさではなく、貴女は命の恩人です」

哲郎は、真からそう思い深々と頭を下げた。

志津はまた微笑んだが、何も言わなかった。

体が暖まったのでツェイターを脱いで、エンジと黒のタータンチェックのシャツになり、上のボタンを外し、頂いた緑色の薬を患部に塗った。大分腫れていた。炎症を起こしている患部に、薬は心地良く浸透していった。

時計を見ると、九時を指している。哲郎は志津に、ブランデーを飲んでも良いかと聞いてみた。志津は、

「貴方のものを貴方が飲んでどうして悪い訳がありましょうか。どうぞお飲みください」

と勧めてくれた。タバコは吸う気になれなかったが、体が冷えていたので、どうしてもブランデーを飲みたかった。早速土間のリュックからテスタロッサの水筒に詰めたブランデーを取り出し、ラッパ飲みで飲み始めると、すぐに志津がコップを持ってきてくれた。そのコップにブランデーを注ぐと、志津が不思議そうな顔でそれを見ていた。

「その茶色の色をしたものはお酒ですか」

志津はブランデーを見るのは初めてのようだった。哲郎はフランスで作られるブドウの蒸溜酒だと答えた。志津は、哲郎がこの妙な酒を飲んでいるのを首をかしげて正面から見ていた。そんな志津を、美しく品格があり、純真な心を持った人だと思った。外に積もった雪のようなそんな人だと。こんな辺鄙《へんぴ》な所になぜこんな美しい人が、そんなことも思ってみた。

時折志津は薪をくべた。囲炉裏の火は赤々と燃え、哲郎の体を外から暖めてくれた。そしてブランデーは、内側から体を暖めてくれる。哲郎は志津に色々と聞きたい事があったが、何から聞いていいのか考えていた。今日一日色々な事があったので、心の中で整理をしていた。暫く黙って火を見つめていると、志津がコップを差し出した。

「そのお酒、いい香りがしますね。私にも少し下さいな」

一人で飲む酒程つまらないものはない。哲郎はすぐに志津のコップに半分程ブランデーを注いだ。

志津は先ず、香りを嗅いで首を傾げた。そしてそっと口に当てた。形の良い唇が少し動いた。そしてまた首を傾げて不思議な事を言うのだった。

「このお酒、懐かしい香りがします。遠い昔に飲んだ事があるみたい…」

それが、志津の見た事もない初めて飲んだブランデーの最初の感想だった。哲郎は嬉しい気もしたが反面、やはり不思議な気もした。

哲郎は、女一人世帯におじゃましているのだから、酔わないように少しずつ飲んでいた。でも酒は酒。少し酔ったのかとも思った。志津も注いでもらったブランデーを少しずつだが口に当てて飲んでいた。

あの事だけは聞いてみたいと思っていた。勿論「穴神」の事だ。志津が次にコップを口に近づけブランデーを少し口に含んだ時、哲郎は口を切った。

「志津さんは、ここに住んで長いのですか」

「はい、十八からですから、もう三十年になります」

志津はしゃんとして答えた。

「では志津さんは四十八ですか。待って下さい。とても四十八には、いえ三十八にも見えませんよ」

哲郎は本当に真からびっくりした。志津はまた微笑んだ。微笑むと、一点の陰りも無い両の頬に、かわいいえくぼができた。それが更に、三十八にも見えない若さをつくり出していた。

「そんなに長く住んでいらっしゃるのなら、『穴神』と言う言葉を御存じありませんか」

こう言う文字です、と自分の掌に穴神と記しておいてから質問した。その時志津の目が一瞬輝いた気がした。それは囲炉裏の炎が揺れたせいかもしれないが、志津は優しく微笑んでうなずくと、

「前の大臼石の上に小さな祠があります。それが穴神様です」

答えてくれたのと同時に志津の束ねてあった長い黒髪が突然解けて、床まで届いて広がった。哲郎にはそれが音の無いスローモーションのように見えたかと思うと、突然睡魔が襲ってきて心地良い気持ちになり、深い眠りに落ちていった。それから先は全くわからない。

志津は深い眠りに入った哲郎を優しく横にして寝かし付けると、奥から上掛け布団を一枚持って来て静かに哲郎に掛けた。そして暫くの間哲郎の寝顔を覗き込んでいた。囲炉裏の炎で写し出された志津の横顔はとても穏やかで、大切な人でも見詰めているようにも思えて、初めて会っ

た人を見る女性の顔ではなかった。

　志津はもう一度、哲郎の上掛けを掛け直し、満足そうに微笑むと、自分の唇に当てた指を哲郎の唇に軽く当ててみた。満天の星達の中で、北の空にある七つの星がその時同時に光を増して輝いた事を、この二人は知る由もなかった。

第六章 † 穴

哲郎を深い眠りから引き戻したものは、女の夢であった。

その女は茜色の着物をまとい、あの大臼石《おおうすいし》の上で哲郎に背中を向けて座っていた。周囲は一面の雪景色なのに、何故か寒さは感じず、ほんのりと暖かいのだ。不思議な事に、傘のようにして大臼石を取り巻いている楓の大木も、冬なのに落葉していない。女の方へ哲郎が歩み寄ると、女はそのまま大臼石から飛び下り、南側のそそり立つ岩山の方へと歩いて行った。哲郎は後を追ったが、女は決して振り返らなかった。そして、そのまま岩山の際まで行くと、立ち止まった。

そして女は、一方向を指差した。哲郎がその指の先を辿って行くと、雪に埋もれていてわかりにくかったが、岩山のすそに人が入れる位の大きさの穴が空いているのを見つけた。哲郎はその穴の入口まで行って、入口の雪を払い退けた。その入口は思ったより大きく、哲郎が立ったままでも充分入る事ができた。奥は相当深いようで、電灯の明かりがなければ、中に入る事は到底無理であった。

哲郎が女の方に目を向けると、女の姿は無く、女は雪に足跡も残さずに消えていた。その時、後ろの穴が「ゴー」とすさまじい響音を発して、哲郎を穴に吸い込もうとする。哲郎は穴の淵に手を掛け必死でもがいていると、目が覚めた。目が覚めても心臓が高鳴っているのが自分でもはっきりわかった。鼓動が整うまでそのまま動かないで考えていた。夢に出てきた女は、確か誰かに似ているように思えるのだった。あの長い黒髪、すらりと背が高く幅の広い後ろ姿は、そう、ここの主、志津に似ていた。しかし夢の中の女は、身振り手振りからしてまだ十代の娘のようでもあった。

そんな事を考えていると、

「お目覚めですか？」

志津が奥から顔を出した。哲郎は答えるかわりに「ニコリ」とした。

「昨夜は大変お世話になりました。すっかり疲れもとれました」

哲郎は社交辞令的に言ったのだが、不思議な事に左肩の痛みは全く無く、本当に今生まれて来たのかと思われる程に哲郎の体はすがすがしかった。志津は優しく微笑むだけで、哲郎に昨夜掛けた布団を畳んでいた。

朝食の席で志津は、「穴神」の話をしてくれた。

穴神とは本当にこの狭い地方にだけ四五〇年位昔から伝わってきた伝説だが、もう何代も前から話す人もなくなり、今ではその名前すら知られていないと言う。今では、あそこの大臼石の上の「穴神様」だけが唯一の存在だと言った。志津は、それ以上詳しい事は知らないとも言った。哲郎は逆に、志津に東京の貴方様が何故「穴神」を知っているのかと尋ねられた。

哲郎は、沿線地図と刀剣博物館の安綱の話を志津にした。志津は黙って聞いていたが、何故だか嬉しそうに微笑んでいた。

哲郎は続けて、志津に良く似た女が夢に現れ、南側にある穴を示して消えて行った夢の話をした。もしそんな穴があったら、自分は入ってみたいと言った。

志津は優しく頷いていたが、哲郎が話し終わると、志津はその穴についての話を始めた。その穴は本当にこの窪地の南側の斜面の下にあって、入口は小さな穴だが中は大変広く、この地方の人々でさえ入りたがらないと言う。今までも幾度となく曹難があり、昔の修業僧ですら行方がわからなくなったという例もあり、本当に心して係らないと一生出てこられない穴だとも言った。

中は、横穴、水穴、空穴《カラ》などが無数に広がっており、最も危険なカラ穴などは、深いものだと数百メートルを越える穴もあり、昔の人々は、唐天竺まで続いていると思い込んでいたと言う。

志津は、そんな事を色々と話してくれた。哲郎が思い留まる様子がないのを察して、今一度充分に注意するように念を押した。

時計を見ると既に午前八時を回っていた。リュックを整え、吊してあった防寒具に手を通した。皆気持ち良く乾いていた。哲郎が眠っている間、乾き易い所に置いてくれたのだろう。こんな素敵な人が何故――。哲郎はふと考えるのだが、それ以上はお節介になると思ってやめた。

†

昨日とは打って変わって今日は雲一つ無い快晴であった。

哲郎は、志津に何度も御礼を言って家を出た。別れに礼金を渡そうとしたが、全く受け取ってくれなかった。自分も楽しかったから同じだと言ってくれるのだった。二本持って来たブランデーのポケットサイズの一本を置いてきた。

別れ際に志津は、哲郎にまた不思議な事を言った。いつもの志津とは少し違って、一人言のような小さな声だったが、

「哲郎さんは、穴神に会えるかもしれない……」

と微かだが、哲郎にはそう聞こえた。

近くで「ドスン」と大きな音がした。昨日、木々に積もった雪が所々で雪崩落ちる音だった。

志津の家から百メートル足らずの所に大臼石はあった。この窪地を取り巻いている東側の岩山の上に遅い太陽が顔を出していた。その光に対し、新雪が色々な入射角度を作るためか、所々で虹色の光を放っていた。その光の中を哲郎は、ザク、ザクと音を立てながら大臼石まで歩いて来た。

大臼石を近くで見ると、大変立派な形をしていた。踏ん張るように末広がりで、頭の幅でも三メートルはある。裾に来ると四メートルはあろうか。高さも充分哲郎の胸の辺りまであった。臼のように頭は平で、まるで円形の舞台のようだった。その黒っぽい赤色は練って作った美しい作り物のようだし、石には何本かの黒い横縞が入っていて、それが全体を粋にも見せていた。石の東側に太い楓の大木が寄り添うように、枝は石を覆い包み大臼石を守るように立っていた。昨夜は遠くで見えなかったがよく見ると、小さな祠《ほこら》が西の一対の大岩の間を向いて載っていた。それは本当に小さなもので、高さが三十センチ足らずで、中を覗くと、「穴神」と白い半紙に書かれた紙が置かれていた。

小さな祠の古さからして、「穴神」と書かれた半紙がやけに新しい事に哲郎は不自然さを感じた。しかし哲郎には、この大臼石が「穴神」との間に重要な関係を持っている事を此処に立っていると不思議と感じとれるのであった。穴に向かって歩きながら改めてこの窪地を見回した。これだけ外から隔離されている土地も珍しい。もしこの土地の中にいる人間として考えたら、これだけ良く出来ている自然の隠れ家《が》は、そうざらには無いだろう、と哲郎は思うのであった。

　昨日自分が此処まで来るのにどれだけの苦労をして来たか、哲郎自身が一番良く知っている。生活に一番重要な水も、これだけの山々を背《しょ》負っているこの土地では尽きる事はなく、大量の水が水源の池から小川へと流れ出ているし、その水を使えばこれだけの平地があるのだから、農地を作る事だって難しくはないだろう。そう考えていくと、何故現在此処に志津さん以外の人が住んでいないのだろうか。何か因縁めいたものがあるのだろうか。そんな事を考えながら歩いて来ると穴の入口が見えてきた。

　そして穴の入口まで来ると、哲郎はリュックを下ろし、準備にかかった。大きなリュックでは到底無理だと聞いていたので、用意してきた小型リュックに使う物だけを詰め替えた。ザイル、軍手、一番重要な懐中電灯は三本。懐中電灯用の電池二十本。ローソク、ライター、それと志津さんにさっき作ってもらったむすび、テスタロッサの水筒に詰めた水と、もう一方に詰めたブランデー、一本の懐中電灯だけを残して、それらを皆小型リュックに入れた。

　準備が済んで一服していると、志津さんの家の方から何かが駆けて来る。犬のシロだ。小川などはおかまいなく、一直線にやって来た。初めはあんなに吠えていたシロも、今朝出掛ける頃には哲郎の近くに来てシッポを振っていた。御主人様の客人として認めてくれたようだった。そのシロが、深い新雪の中を哲郎めがけて駆けて来る。その姿はスローモーションで映された映画の一コマのように美しかった。シロは中型の紀州犬だと言っていた。狩りに使うとその真価を発揮すると言われている。シロが息を切らせて哲郎の足元までやって来た。哲郎はシロの体中を擦り、シロも這いつくばって喜びの表現をした。ふと見ると、シロは首に、小さな袋を紐でぶら下げていた。

　哲郎が袋の中を見ると、一枚の地図らしきものが出てきた。よくよく見ると、どうもこの洞窟の地図のようであった。色々な道がタコの足のように複雑に描かれていた。そして、その複雑な地図の中に朱色で丸い印が付けてあり、その朱色の丸印は、地図中の一本の道の突き当りに記されていた。地図の脇に、『気を付けて下さい、志津』と書かれていた。

　哲郎は有り難いと思い、此処からでも志津の家ははっきり見えるので、立ち上がって志津の姿を追った。志津は哲郎の視界の中には居なかった。哲郎は胸ポケットからペンと手帳を出しその一枚を破ると、『どうも有り難う、大変助かります、哲郎』と書いてシロの首の袋に入れた。

　時計はちょうど九時を指していた。シロの頭を撫でてやり、家の方にシロの体を向け尻を軽く叩くと、シロは来た時のように美しいフォームを描いて志津の家の方へと帰って行った。

穴の中を少し電灯で照らしてみた。入るとすぐに右に曲がっている様子だった。振り返り、雪の反射で眩しかったが、手をかざしてもう一度志津を見つけようとした。だが志津は見当たらなかった。

志津から貰った地図を胸ポケットにしまい、ベルトに付けた新しいナイフの確認をして哲郎は穴に入って行った。案の定、最初のうちは外の明るさとのギャップが余りにも大きかったため、強力なライトでも頼りなく思えたが、すぐに目が慣れてきた。入ると直ぐに右に曲がって行く。幅、高さともほぼ入口と同じ位はあった。十メートル位行くと、今度は左に上がりながら曲がっている。だんだん天井が低くなり、中腰にならなければ通れない。そのままの姿勢で暫く進む。そこをくぐる途中、本当に大きな空間がこの先にあるのか、半信半疑で進んで行った。鍾乳洞らしい雰囲気もまだ無いし、ただの細く狭い横穴としか思えない。しかし哲郎の心の中は何かわくわくする楽しげな気持ちでいっぱいだった。

右カーブが強くなり、少し天井が高くなった。曲がり切ったその時、哲郎の目の前に現われた空間は、哲郎の想像を遥かに越えていた。

ライトが当たる所は全てキラキラと輝き、その広さは数百坪、高さは高い所で五十メートルはあろうか、これが志津が書いてくれた地図のタコの腹の部分であろう。それは幻想の世界のように美しかった。ライトの光が反射するのか、それとも自分達でも光を放つのか。キラ、キラと光り輝くプラレタリュームのようなその空間は、真冬だというのにほんのりと暖かく、全体がなんとなく霞んでいるようにも思えた。

洞窟の周囲を包む壁は、アイボリー色のレリーフ状の柱が、自然という芸術家の手によってバランス良く刻まれていてそれらも全てあやしく輝いている。

哲郎は暫くその不思議な世界を楽しむと、今度はライトを天井から足元に向けてみた。哲郎が立っている位置から何メートルか離れた所に直径五メートルほどの穴が開いていた。

志津からもらった地図を見ると、水穴と書いてある。近くまで近づいて、中にライトを当ててみた。美しさに哲郎は息をのんだ。それは、エメラルドグリーンに輝く神秘の池で、水の動きは全く無く、その深さも計り知れない。美しすぎてかえって怖い気もした。

この地に来て哲郎が生まれて初めて経験した事は多い。それだけでも哲郎は満足だったが、やはり「穴神」は頭から離れなかった。

足元に充分気をつけて水穴を左手に見ながら暫く奥へと行く。一段高くなった石の壁際に、また同じ位の穴を見つけた。地図によると空穴《カラ》である。それは水の無い縦穴で、近寄ってライトを当てても真っ暗で電灯の光が届かない。何処までも続くその縦穴は地球の中心まで届いているのではないかと思われるほど深く静まり返っていた。哲郎は、足元に落ちていた小石を穴の中に投げてみた。穴の壁に当たる石の響きは、いつまでも消える事無く続いていた。

空穴《カラ》から少し離れて、足場の良い所で休憩した。電灯は大切なので、ローソクに火を灯し、石柱を背もたれにしてタバコに火をつけた。時計は十時少し前。入口からまだ幾らも歩いてないのだが、哲郎にしても始めて見るものが多かったので、ついつい時間がかかってしまった。地図をローソクの明かりでじっくり見た。外にいた時は勝手がわからなかったが、此処まで来ると地図の見方も良くわかってきた。

志津が示してくれた朱色の印は、必ず何かを暗示していると哲郎は信じていた。このタコの腹から出ている十三本の横穴の今居る位置から、左へ四本目の横穴に入って行くように示されていた。もしこの地図が無かったら、そしてこの洞窟を端から全部調べ切るには、哲郎一人では一カ月の時間をかけても、到底無理であった。そんな事より、無事に外に戻る事すら難しい気がした。

哲郎は初めて志津に会った時から、あの女《ひと》はこの窪地の不思議な世界を隅々まで知っているのではないかと思っていた。会ってまだ一日足らずなのに、何処かで会ったようなそんな懐かしい気がしてならなかった。

そして、「穴神」は意外と近い所で自分を見つめているような気もした。そう思うと、また体の内に気力が増してきて、早く朱色の印まで行ってみたいと思うのだった。

暫く歩くと壁に当たった。壁に沿って左に歩いた。右手の方で遠雷のようにゴーゴーと地下水の流れる音が聞こえた。石灰質の入りくんだ地中を地下水が流れているのだ。そんな所に落ちたら人間などひとたまりもない。哲郎は慎重に一歩一歩、足元を電灯で照らしながら進んで行くと、最初の横穴に五分位で着いた。その穴を通り越して更に壁に沿って左へ進む。二番目の横穴は三分位で見つける事ができた。それも通過して更に左へ進んだ。なんとなく壁の岩の色が黒っぽくなってきて、ライトが効きにくくなっていた。そして足元は緩《ゆる》く登りになっていて、右手を岩壁に付きながら、左手にライトを持ち、足元を照らしながら慎重に進んだ。時々立ち止まってライトを左方向へ向けると、その広い空間は色々と変化に富んでいた。

今度は少し時間がかかったが、三番目の横穴があった。次が目的の四番目の横穴である。時間的には此処までは幾らでもないと思った。寄り道もしないで、もし道順さえ知っていれば、入口からしても三十分位で楽に来られると思った。

更に左に五分もしないうちに目的の四番目の横穴に着いた。その横穴の入口は哲郎が少しかがんで入れる程度だが、幅は割に広かった。十メートルも行くと登りがきつくなり、一部手を使って這い上がらなければならないほど急な登りが何カ所かあった。哲郎はその横穴を慎重に進んでゆく。するとその横穴は、行き止まりになっていた。

此処が、志津が示してくれた朱色の印の場所で示された横穴の一番奥の行き止まりである。

哲郎は、此処まで来る道すがら、何回も妙な錯覚に捕われた。この洞窟を知っていたような、そんな錯覚だった。時々出合う場面は、過去に見た事があるような気がしてならなかった。

この横穴は、入口から百メートル以上の長さがあった。そして途中は、大分登りになっていた。哲郎はリュックを下ろすと、ローソクに火を灯し、手頃な石に腰を下ろすと、タバコに火をつけた。


哲郎は、一時間近くも、たった十坪位のこの行き止まりの空間を調べたが、何も変わったものはなく、ただカビ臭い岩壁が三方を取り囲んでいただけだった。時計に目をやり、また一休みする。そこで初めて足元にライトを向け、腰掛け易い石を見つけた。ちょうど中央近くに、おあつらえ向きな石が目に入った。哲郎はその石に座ると、リュックを脇に置いて、水筒を取り出して水を飲んだ。次にブランデーを取り出して口に含んだ。周りを見回し、大きく肩でため息をもらすと、タバコを取り出し、ライターで火をつけようとするのだが、どうにも火がつかない。ライターを擦る手に力が入らないのだ。一口のブランデーで哲郎がそんなに酔う訳がない。もう一度ライターに火をつけようとするのだが、ライターは手から滑り落ち、すべての動作はスローモーションのようになる。ローソクの灯は網の目のようににじんで映り、自分が前かがみに崩れていく姿だけが哲郎の脳裏に写った。

この時まだ哲郎は、自分が選んで腰掛けた石に、「穴神」の文字が刻まれている事を知らないでいた。

哲郎の意識の中、遠くで志津が助けを呼んでいる。遠すぎて何を叫んでいるのかわからない。

「ア……」

暗闇の中、ズームアップするように志津が近づいて来る。

「助けて――、『穴神――』」

今度ははっきり聞こえた。更に志津は、哲郎の目の前まで近づき、

「助けて『穴神――』」

と、叫んでいる。すると、志津の着ている茜色の衣服が瞬く間に脱げ落ちて、志津の美しい女体が何もない闇の中で微かに光を放っていた。

「穴神」

志津はまたそう叫んだように思えたが、口だけ動かし声にはならなかった。

哲郎は、必死に闇の中でもがく志津をつかまえようと手を伸ばすのだが、志津は闇の中で渦に巻かれて消えてしまった。

哲郎に何が起こったのだろうか。暫くは動く事さえできないでいる。咄嗟に時計を見たが、時間の経過は全くない。灯したローソクの長さもほとんど変わってはいない。不思議な事が起こる。此処に来てから不思議な事が起こる。あの時は余り気にしなかったが、昨夜寝付く時も、突

然睡魔に襲われたような気がした。

　哲郎は呆然と考えていた。さっきのタバコが脇に落ちていた。落ちたライターが、座った石と隣の石に挟まっている。哲郎は腰を移動し、ライターを取ろうとした。その時、自分が座っている石が、人工的な形をしている事に気付いた。立ち上がり、ローソクの灯を当てて見た。それは完全な人工物だった。古くて角々は崩れていたが、方形の形はまだ崩れきってはいなかった。哲郎が座った側には、何もこれといった変わった様子は見えない。約三十センチ四方のその石を裏返しにしてみた。

　ローソクの灯に映し出されたそれは、「穴神」の文字であった。

　哲郎は慌てて手で汚れた部分を拭き取ると、石いっぱいに「穴神」の文字が刻み込まれてあった。

　哲郎は高なる鼓動を耳に聞きながら、それを凝視している。そして立ち上がると周囲を見回し、この「穴神」の置き場所を見つけた。ちょうど奥に向かって左側の壁の一部が台のようになっていた。その一番平らな所へ、哲郎は「穴神」の石を収めた。そして石に付いた汚れを軍手で綺麗に拭き取り、ブランデーと水を石の上から掛けた。その流れは「穴神」の文字にも染みてゆく。哲郎は自然に手を合わせると、何かを祈った。ふと同時に脳裏をかすめた事は、さっきの不吉な幻想であった。志津が助けを呼んでいた。そして最後は全裸で叫んでいた。

哲郎はまだ此処に居たかったが、志津が心配になった。洞窟の入口から此処まではそれ程の距離ではない。来る時は手探りで来たが、馴れてしまえばそんなに時間はかからないと思った。哲郎は、一度外に出る事にした。

出した物をリュックに詰め込み、電灯をつけた。そして「穴神」に一礼して、来た道を戻って行った。横穴の入口までは来た時の半分の時間もかからなかった。

何か胸騒ぎがする。道を急いだ。二、三回躓《つまず》きながらも道を急いだ。空穴の脇まで来ると、同じ石柱にもたれて呼吸を整える。空穴を左手にまた急ぐ。水穴が見え、出口の横穴が見えた。哲郎はその狭い出口への穴に飛び込んで行った。左へ曲って急ぐと右側に外の光が見えてきた。哲郎はその光に向かって無中で走った。

第七章　†　時代転変

哲郎は、入口に置いた大型のリュックに少し腰を掛け、息を整えた。

窪地は入る前と同じでしんとして静かだった。見回したところ、これといって変化は起きていない。少し安心して水筒を取り出し、水を飲む。顔を仰向けにして二、三回天を仰いで飲んだ。「ギョ」とした。青空が無い。青空が無いのだ。さっきまであれだけ晴れ渡っていた空が灰色に変わり、今にも雪が降ってくるかのように、空全体を厚い雲が覆っていた。

哲郎は立ち上がると、一直線に志津の家に向かった。今度はリュックが小さかったので、小川も飛んで渡れた。その小川を飛び越えた時、哲郎は信じられない光景に出会った。周囲は何も変わっていない。尖った大岩、雑木林の森、大臼石、水源池、小川。ただひとつ、あるはずの所に志津の家がなかった。かわりに志津の家のあった所より東側に、雑木林を背負い、志津の家より確実に大きな頑丈そうな家が建っていた。そして、それは一つの窓から薄く煙を漏らし、人の気配を感じさせていた。

哲郎に緊張感が走る。ベルトの右側に下げたナイフを、見ずに手だけで確認する。そして、その得体の知れない家から目を離さずに百メートル足らずの距離を慎重に近付いて行った。雪を踏む音さえ耳に大きく響いて、はらはらしながらやっと基礎の石垣まで近寄ることができた。

石垣は人間の背丈程あったので、此処からでは中の様子を伺う事はむずかしかった。石垣に沿って東へ移動すると、石垣の背が低くなる。哲郎はそっと家の様子を伺う。この家の入口は西側にあり、東側の端には馬や牛を繋ぐのだろうか、かなり広い舎があり、馬が一頭静かに何かを食《は》んでいた。

石垣のすぐ上は、家に沿って二百坪程の庭になっていた。雪に馬の蹄の跡か？　無数に足跡が残っていて、その一部は茶色い土がむき出しになっていた。

哲郎には、何が起こったのかさっぱり見当がつかない。石垣にもたれて夢かとも思ってみた。十二月三十日、十二時三十二分。時計に目をやり、ナイフを革のケースから抜き出すと、その反り返った切先を、左の人指し指の先に少しあててみた。「チクリ」と痛みを感じた。今度は夢でも幻でもなかった。

志津は何処へ行ってしまったのだろうか。この家の中に居るのだろうか。この家の人間はどんな人間なのか。頭の中に色々な思案が駆けめぐる。この場は慎重に中の様子を伺うことにした。他人の家を覗くことなどしたくはなかったけれど、このような状況ではそうせざるを得なかった。

五十メートル近くはあろうか、石垣の東の端まで移動した。ここまで来ると、石垣は腰の高さ位になっていて、容易に這い上がる事が出来た。雑木林の縁に沿って馬屋の奥から裏側に抜けた。途中に粗末な小屋が一棟あったが、誰もいなかった。母屋の馬屋側の一番東の部屋には、高い所に小さな格子窓が一つあるだけで、中の様子を伺う事は難しかった。

煙が上がっている一番西側の部屋まで、家に沿って移動した。途中に薪が家に沿って積んであった。部屋は西側から東にかけて四、五部屋並んでいた。皆庭方向、すなわち南を向いていた。そしてこの家も、太い木材を使い、大変がっしりとつくられていた。そして気になったのは、見たところ、ガラスやアルミなどの資材は一切使われていない事だった。

一番西側の部屋の窓の下まで来ると、少しの間、中の物音に耳を傾けた。人が話をする気配はなかった。ゆっくりと腰を上げて覗くと、縦格子の窓から中が伺えた。哲郎の正面は家の入口になっていて、大きく厚い引き戸が頑丈そうな木材で出来ていた。

広い土間の西側は、幾つかのカマドや水甕、流しがあり、そのカマドの一つから、薄く煙が外に漏れていたのだ。

上がり框《かまち》の柱にもたれて、一人の男が居眠りをしている。それだけなら何も驚く事もないのだが、哲郎が衝撃を受けたのは、その男が身に付けている服装だった。

映画のロケでもやっているのかと思ったか、映画の機材などは何処を探してもない。それは、どう考えても今の時代の服装ではないのだ。薄汚れた膝丈程の着物に、何か動物の毛皮でできたチョッキのようなものをまとい、足元は脚絆《きゃはん》、足袋に草鞋《わらじ》がけなのである。そしてもっと驚いた事には、薄汚れたぼさぼさの長髪を結い上げて一つに束ねているし、更に帯のようなもので、腰に何か刀のようなものを差していた。

此処の窓からは、そこまでしか見えないので、哲郎はカマドの向こう側の窓まで移動することにした。移動する軒先に、水を汲む樽のようなものが二、三転がっていて、それを担ぐ天秤棒だろう、樫でできている棒が家に立て掛けられていた。

哲郎は、音を立てないように注意を配って窓の下まで来ると、またそっと中を覗き込んだ。まだ上がり框《かまち》で男が居眠りをしている。框の上は板の間で、中央に大きな囲炉裏が切られていた。土間が框をくの字に囲んでいて、その一方の土間は、ずっと東の奥まで続いていた。そして、左側に部屋が四つ仕切られていた。土間の右側には、鉄格子の掛かった麦わらだけが敷かれている奇妙な部屋が、二つ設けられていた。

その時、その鉄格子の中で、何かが動いたような気がして凝視すると、やはり何かが奥の片隅にいる。かすかに茜色を確認することはできたが、哲郎はもっとはっきり見たいと思い、体を左へ移動した。そちらにばかり気を取られていて、周囲の確認を怠った。立て掛けてあった天秤棒に体が触れると、天秤棒は「カラカラ」と音を立てて軒の下まで転がっていった。

音を聞いて、男が目を開ける。開けた男の目と哲郎の目が鉢合わせをした。男は跳ね起きたかと思うと、戸外へ飛び出て、哲郎の前に立ちはだかった。背は小さいが、その動作は野猿の如く素早かった。武道に心得のある哲郎は、その男にただならぬものを感じた。

二人共黙って対峙しているが、男から放たれている異様な気迫は、ただものではない気がした。剣道でも気迫はつきものだが、何かそれとは違っていた。突然男は腰の物を抜き放って、哲郎に一撃を加えた。並の者なら躱《かわ》しきれなかったろう。ブルーのヤッケの胸の所が大きく縦に割られていた。男が手にしていた物は、刃渡り二尺程度の内側に湾曲した重ねの厚い鉈のようなものであった。

良く研ぎすまされたそれは、人間の首などたわいもなく一撃で斬り飛ばす筈である。

「まだ話もしないうちに」

と哲郎が一言掛けた瞬間、また第二の閃光が哲郎を襲った。間一髪で躱しはしたが、尻餅をついた。男がさっきから発していた気は殺気だった事をこの時知った。剣道は、防具を着けて竹刀で打ち合うスポーツ。殺気などと言うものには縁がない。だが今は違う。今の二振りは、あくまでも哲郎を殺そうとした攻撃だった。

右手を付いた所に、さっきの天秤棒が転がっていた。咄嗟にそれを掴むと飛び上がり、青眼に構えた。男も、間合を二、三歩後ろに引いた。

「われ！　何処から来た」

初めて男が口を開いた。

「東京」

「トウキョウ。何処の国じゃ」

「何処の国って、日本に決まっているだろう」

「バカ」

男が怒鳴って鉈を振ったが、今度は遠くの空を切るだけだった。

哲郎は、さっきの茜色の主を知りたかった。

「中に人が居るだろう」

「見たな。生かしちゃあおけねえ」

男は、目をむいて攻撃してくる。素早い動きなのだが、攻撃の時に隙ができるのを哲郎は見落としていなかった。相手は自分を殺す気でいる。哲郎の方は、そんな気は全くない。この男は気違いか何かで、この場をしのぐには、先ず相手の鉈を取り上げる事が一番だと考えていた。

哲郎は初めて攻撃の姿勢を取った。男は、その気迫を感じたのか、また二、三歩後ろへ下がると、構え直した。じっと双方動かない。

「中に人が居るか」

哲郎が叫ぶと、男は狂ったように鉈を振り下ろしてきた。哲郎が躱すと、男の体が左へ流れた。哲郎の一撃が男の右腕に入った。樫の天秤棒である。

男の手からは鉈がこぼれ落ち、右腕を抱えながら雪の中に跪《ひざまづ》いた。そして、左手で鉈を拾おうとしたが、哲郎は、それを足で踏み押さえた。男は哲郎を見上げたが、すぐに哲郎の両足を取って哲郎を引き倒した。哲郎も棒を投げ捨て、男を押さえようとした。体は小さいのに、そのゴム毬のような筋肉から発せられる力は、哲郎の想像を遥かに上回った。哲郎も渾身の力で応じるのだが、やがて形勢は不利になり、上に跨がれて首を締められた。哲郎の一撃で、右手にかなりのダメージを受けているのに、哲郎の首に掛かっている力は容赦なく、間違いなく哲郎を殺そうとしている。このままだと殺される。この男は常人ではないのだ。哲郎の持っている常識では人を殺したりすることなど考えた事もない。

哲郎の意識は呆然として遠のいていった。首を締める男の手の力さえわからなくなってきた。その時哲郎の微かな気憶の中に「ナイフ」があった。ナイフがある筈。右手で確認をした。そして、ケースからナイフを引き出した。僅かな意識の中で、何処を突こうか考えた。胸や腹だと内臓がある。もし内臓を傷つけたら死ぬかもしれない。哲郎は自分が殺されかかっているのに、相手の事を考えていた。それは常人なら当たり前の感性であろう。時間がない。哲郎は思い切って、ナイフを男の太股に突き刺した。ハムにナイフを入れるようにヌーっと入っていって止まった。低い呻きと同時に、哲郎の首に巻かれた手の力が衰えた。透かさず哲郎は、男の体を払い除けた。同時に引き抜かれたナイフは、哲郎の手にしっかり握られていた。

男は、股を抱えて悶えていた。雪に飛び散る鮮血が痛ましかった。

哲郎も、暫く呼吸が止まっていて息を吸う事も吐く事も出来なかった。その時間は非常に長く感じられ、もうこのまま終わるのかとも思えた。最初に息が少し吐けた。また少し、また少し、ハッハッと吐き終えたら今度は、少しずつ吸う事ができた。

二人共、雪の中で悶え苦しんでいた。双方共相手に攻撃どころではなく、自分自身と戦っていた。

やがて咳き込みながらも、哲郎は回復していった。反対に男は、このままだと大量の出血を伴い、悪い方向へと向かうだろう。雪に飛び散っている大量の血を見ても、それを予想する事は簡単であった。

哲郎は、落ち着きを取り戻すと、傍らに倒れている男を見た。男も悔しそうに哲郎を見上げていたが、今はもうどうする事もできない。男自身も、雪にまかれた自分の血の量が、尋常ではない事を知っていた。

　哲郎は、男を家の中に担ぎ入れると、框に載せて、男の着けていた帯を引き抜いた。そしてそれに、少しナイフで切り口を入れておいて、両手で引き裂いた。それを手頃な長さにすると、血止めに使った。傷口は思ったより大きかった。哲郎と離れる時に切り広がったのだろう。そして、傷口からは激しく出血していた。哲郎は、男の左足の付け根を力いっぱい三重にも巻いておいて結んだ。男はずっと無口でいたが、目は哲郎に向けられていた。

　血止めを済ませて男を横にすると、さっきから奥の鉄格子から何か視線を感じていた哲郎は、そちらに歩み寄った。茜色の縦縞模様は、此処まで寄れば薄暗い中でもはっきり確認できた。それを着ている主が女性だと言う事もはっきりとわかった。

　薄暗いわらの敷かれただけの土間に、女はきちんと正座をして座っていた。背筋を伸ばし、長い髪を腰まで垂らし、顔も向けずに一点を見ていた。哲郎は、その姿を見てほっとした。

「志津さん」

　哲郎は歩み寄った。女はその声に応じて哲郎の方に顔を向けた。哲郎はギョッとした。志津にとても良く似ているのだが、志津ではない。美しく端正な顔と女性としては大柄な姿はよく似ているのだが、まだ十七、八にしか見えない若い女だった。

「どうしてこんな所に居るのですか」

哲郎が聞いても、女は黙って答えなかった。

洞窟から出てから、奇妙な事ばかり起こる。相手が女性でも、逆にあまりにも美しいので、哲郎にしてはなんだか気味が悪かった。

この女《ひと》は誰なのだろうか。助けはしたが、また突然襲いかかられたりしたら、たまったものではない。そんな事を考えていると、女は凛として言った。

「助けるのか、助けないのか」

哲郎は、女の言った言葉が奇怪《おかし》かった。捕われの身のくせに、威張っているのだ。女にそう言われて助けない訳にもいかない。哲郎が、鉄格子をいじり始めると、

「カギなら、お前の後ろの柱に掛っている」

女は落ち着き払ってそう言った。

女を牢から出して、また哲郎は頭を捻った。着ている服装がどうも気になるのだ。この女は、茜色の小袖だろうか、着物に錦《にしき》のモンペのようなものを穿き、やはり足袋、草鞋掛けなのだ。錦のモンペの裾を脚絆で巻いている。そして、捕われた時に取られたと言う鹿毛のチョッキみたいなものをその上にはおった。また、これも捕われた時取られたと言う赤い鞘でできている二尺余りの脇差しを、帯の左側に差し込んだ。一六〇センチ以上はあろうか、大柄な体にこの出で立ちだと、遠目では男に見えるかもしれない。すたすたと女は一番奥の左方の部屋に入って

行き、二、三分経って出てきた。

　右手に何か持っていた。それは、梨地作りの豪華な印籠だった。もしやこの女は「泥棒？」。哲郎は悪い方を助けたのではないか。自分の事をさっきの男は、「泥棒」の一味だと思って襲ってきたのではないか。いや違う。もしそうなら黙って人に切り掛かったり、平気で人を殺そうとなんかする筈がない。そう自分自身に言い聞かせていた。

　何かを尋ねようと哲郎が女に歩み寄った時、北西の方向に微かに人の気配を感じた。咄嗟に女は、懐中から赤い紐を取り出すと、腰まで掛かる黒髪を後ろできりりと束ねた。志津より若い分、全体に丸味があったが、本当に志津に良く似ていると思った。印籠を懐中に深くしまい込むと、

「行くぞ、お前も儂《わし》と来るか」

と言いながら、とっとと外へ出て行ってしまった。

　哲郎は、男の怪我が気になっていたので男の傍へ行き、もう一度傷口を見た。血止めはうまくいっていた。

　外へ出てみると、不思議な事に女は、哲郎がやって来た穴の方向へと走って行く。もし、あの男のような者達が集団でやって来たら、哲郎などはひとたまりもない。

　哲郎は運を天に任せて、女の後を追った。

第八章 † 化け物の宴

　その集団と哲郎達が穴の入口に着いたのが、ほぼ同時であった。

　西側の一対の大岩の北側を巻いて、その集団は雑木林の中を駆け下りて来る。ちょうど志津の小屋のあった辺りで円陣を組み、何やら点検をしている様子だった。その円陣の中には、色とりどりの着物を着た女達が、十人近くおどおどと怯えながら周りの騎馬達を見上げていた。

「今日の獲物は、上々」

　栗毛をあやしながら、馬上で男が叫ぶと、

「ウオー」

と、皆から歓声が上がった。すると芦毛の一騎が、

「今日は雪の中をよくやった。者共、今夜は酒盛りだ。女達は、金山商人が来るまで好きにし

ろ」

また、一同から歓声が上がった。女達は益々、おどおどと怯えた。

哲郎のところから二百メートル足らずの距離なので、全ての動きは手に取るようにわかった。騎馬七、歩約《かち》十。彼らも、どう見ても今の時代とは思えない服装をしている。歩達は、さっき哲郎と争った男とほぼ同じ服装をしていた。騎馬の七人が身にまとっているものは、今で言う和装の上から薄汚れた胸に当てただけの鎧や、角のない兜など、各自まちまちではあるが戦具を付けていた。また物騒なことに、太刀、槍、弓、鉞《まさかり》、大槌などを、それぞれが武器として従えていた。

それは、哲郎が見た戦国時代の映画そのままであった。特に印象に残ったのは、馬を巡らせている騎馬の男達の背に、神楽に使うような仮面が背負われていることが、その集団をいっそう不気味な恐ろしいものに見せていた。

歩達は、何かを担いだり、捕えた女達の縄をたぐったり、騎馬のくるわを取ったり、まちまちに動き回っていた。

「女達は、牢にぶち込め。ぶん取ったものは、奥の部屋にほうり込んでおけ」

黒鹿毛の騎馬が、歩達に命令した。一団は、東へと移動し、屋敷の庭まで来て一斉に下馬をした。歩達は、馬から馬具を下ろしたりして、また忙しく動き回る。その中の一人が、雪に飛び散っているおびただしい血を見て騒ぎ立てた。そこで皆、留守中の異変を知ったのだった。

「ヤス、何があった」

哲郎と戦った男の名は、ヤスと言った。

「お頭《かしら》、ドジを踏みまして」

ヤスの周りを騎馬に乗っていた七人が取り巻いた。ヤスは、ぼそぼそと話し始めた。

「皆がここを昨日の夜中に出て行ってから、屋敷内を一廻りして眠りに就いた。囲炉裏の脇でうとうとしていると、一番奥の蔵部屋で物音がする。そっと行ってみると、蔵部屋の床板辺りを盛んにこずかの先で突いているやつがいる。そいつは、夢中でいるのでおらのことには気が付かない。そこで後ろから羽交い締めにして、そいつを括った。括ってみると、何と女だった。それも、見たこともねえほどのいい女だった。女のくせに脇差なんか差していて、お頭に喜んでもらえると思い、牢にぶち込んでおいた。すると、一時《いっとき》前に変なやつが現れた。おらあ女の仲間だと思い、とっさに得物を振った……」

ヤスは、とぎれとぎれにそう話すのだった。記憶が遠のく目になり、そのままでいたが、七人の一人がヤスの足を蹴って話を促した。

「お頭《かしら》、本当に変なやつなんです」

ヤスは、思い出すように言った。

「背は六尺を越え、差している物といえば見たこともねえもんだし、足なんか俺の倍はあった。天秤棒をちょっと出されたら、俺の得物がころげ落ちた。組合になって、俺が締め殺そうとしたら、見たこともねえ匕首《あいくち》でここを刺しやがった。殺されるかと思ったら、ここをこう締めて止血をしてくれた」

ヤスはぼんやりと話すのであった。

頭は話を聞き終えると、一人言のように、

「ここの生き残りだ。奴等はまだどこかで生きていやがる」

と言った。そして、奥の蔵部屋に行き、戻ってくる早々、ヤスの首に抜き身を当てた。

「お頭、助けてくれ」

ヤスが発した声と同時に、抜き身がゆっくりヤスの首に押し込まれていく。断末の悲鳴と共に、鮮血が飛び散った。

「間抜けなやつめ。印籠がなくなっている」

それは天善の目をかすめ、私物にしていた物であった。

「一時前と言ってたな。まだそんなに遠くには行っちゃあいねえはずだ。探せ」

頭は、低く響くように言った。戸口にあった哲郎の足跡も馬達が蹴散らして、気が付く者がいなかった。

だが、ヤスの話を聞いた男達は、まず足跡を追った。石垣の下に奇妙な型をした大きな足跡が無数にあった。それを頼って行くと、東側から屋敷に入ったことと、小川の方からここまで来たことがはっきりと雪の上に印されていた。また、小さな足跡と小川の方に向かっていることもわかった。

「お頭、やつらは穴かと思われます」

黒鹿毛に乗っていた羆《しかみ》の鬼人面を背負った男が言う。

「また穴か。いまいましい穴め」

頭はそう呟くのだった。


「お頭、誰もいません。何もありません」

最後に追っ手として穴に入っていた組が帰ってきて、そう告げる。もう外は、とっくに暮れていた。

「隅々まで調べたんだろうな」

頭《かしら》は疑い深く聞く。

「一応は……」

誰もが疲れきっていた。

「一応……バカ」

頭の鉄拳が飛んだ。

「まあまあお頭、お頭も知っての通り、あの穴は中がタコの足のように複雑で、ちょっとやそっとの時間じゃあとてもわかりません。ただしあの穴は、入口はあっても出口がねえ。そのうち中でのたれ死ぬか、見張りをあの入口に立てておけば、出て来たならバッサリ。今日のところは獲物もたっぷりありますし、勘弁してやって下さい」

黒鹿毛の男がそう言って取り持った。

頭は苦い顔をしていたが、

「いまいましい穴め」

唸るように言うと、

「酒持って来い」

お椀のような大盃で、がぶがぶと二、三杯流し込み、

「酒だ、酒だ」

と大声を張り上げた。

「ウオー」

と、一同から歓声が上がった。

「金山に売り飛ばされりゃあ、おめえ達ちゃあ一日に何人もの男達にやられるんだ。俺様達にこうやって可愛がられるのを、有り難く思え」

栗毛馬の男が勝手なことを言うと、円座した一同がニヤニヤといやらしく笑う。一番手前の二十畳ばかりの板の間に、一人ずつ女を抱えて円座している六人は、皆その背中に、不気味な能面を携えていた。一人の女が泣き出すと、黒鹿毛の男がいきなり平手打ちをくらわす。女達は、怯えきっていて、妙に高ぶっている男達とは全く正反対で、ただただ黙って男達に酌をしているだけだった。

突然、坊主頭の大男が、かたわらの女の髪を掴《つか》んでねじ伏せた。女は悲鳴をあげて部屋の隅まで逃れようとするが、足を掴まれて引き戻される。女のまといものは太股までめくり上がり、男のそれを益々刺激する。濁酒にまみれた口で、いやがる女の口を無理やり吸い、二、三平手打ちをくらわす。女がぐったりとなったところで、男は女の上に重なる。女が短く悲鳴をもらすと、男はもう腰を大きく動かし始めていた。その周りを見渡すと、あらわになった女の白い肌を、不気味な能面達がそれぞれに犯していた。

「酒だ、酒持って来い」

隣の部屋で、頭が大声を上げる。歩の一人が、慌てて大徳利を下げて行くと、頭は女に酌をさせていた。

頭の顔は、酒に熟れて赤く腫れ上がっている。鬼瓦のようなその顔が益々崩れ、くすんだ目はうつろに一点を見ていた。酒を持って来た歩でさえ、「ぞーっと」寒気を覚えた。

捕われた中で一番の器量よしな娘が、小さくなって酌をしていた。

歩が下がって行って暫くすると、

「そろそろ俺も」

頭は一人言を言って、女の手を取った。女は手を振り切ると、部屋の隅まで逃げる。頭は、自分の下物を脱ぎ捨てると、醜い下腹が着物を割ってのぞく。その下には、硬直したおぞましい物が反り返っている。女は、恐怖で声も出ない。頭は両手を広げ、囲うようにして女を捕えると、すかさず女の帯に手をかけ、帯を引き抜いた。

六尺近い大男だ。女は、もんぞりうって床に倒れる。四つん這いになって逃げようとする所を、後から首に帯をかけて引き戻す。女の着物をたくし上げ、下物を引き下ろす。女の白い尻があらわにのぞく。頭は益々猛り狂い、首にかけた帯を二重にして女を引き寄せる。自分のいきり立った物を後ろから女に無理やり押し込めると、腰を大きく動かし始める。その動きに合わせて、馬の手綱を取るように首にかかった帯を引く。その動きはだんだんと激しさを増し、どちらが発したのか絶叫と共に終わった。女はただの欲望の道具で、そこには愛のかけらもない。

頭が帯を離すと、女は頭から床に倒れていった。あらわにむしり取られた女の体は、ピクリとも動かなかった。

歩達はもっとひどい。さっきから馬屋で飲みながら中の様子に聞き耳を立てていた歩達に、声がかかった。歩達は、素早く女達を貰いに行くと、ほんの今しがた使い古した女達を、馬糞まみれの馬屋の中で犯すのだった。その光景は、あまりのおぞましさでたとえようがない。それは、女の悲鳴と共に、明け方まで続いてゆく。

第九章　†　抜け穴

穴に入ると、右に曲がる。その曲がりばなの岩の隙間に、松明《たいまつ》が隠されていた。一緒に二つの石も出てきた。女は、その石をこすり合わせるように打つ。暗い洞内に、火花が飛ぶ。何回となく打つのだが、なかなか松明には発火しない。追っ手もやって来るだろうし、穴は入っても出口が無いのだから、逃げるのだったら、哲郎がここにやって来た東側の山の方が良かったと哲郎は考えている。だが、もうここからは出られない。

さっき見た、あの戦国時代の映画のような集団に追い回されたらひとたまりもない。冗談なのか、本気なのか、夢なら醒めてもらいたい。

火はまだつかない。哲郎がライターを出して、女の目の前で火をつけた。女は驚いているが、信用していない。すぐに自分の手のひらを、ライターの火にかざした。

「アチ、お前はてづま使いか」

女は、少し怒って言った。

めんどうなので、哲郎が松明を取って火をつけた。簡単に火がついた。それを女に渡すと、哲郎も懐中電灯のライトをつけた。

女は何か言いたそうだが、今はそんな暇はない。

哲郎が先に行こうとすると、女が先に立って、どんどん進んで行く。哲郎は、今度は大型のリュックを背負っているので、ついて行くのが大変だった。さっき入ってみて、大型リュックでも通れない所はないとわかっていた。何時までこの穴の中にいなくてはならないのかわからないのだから、なるべく色々な物を持っていた方がいいと思った。

女は敏捷《びんしょう》に身をこなしながら、さっき哲郎が進んだルートと同じ所を通って奥へと入っていく。

松明なんていうものは使った事がなかったので、これ程効果があるものだとは思わなかった。ライトは、遠距離をスポットで照らすのには適しているが、使用している人の周りを照らすのだったら、松明の方がより適していた。

さっきから女の後ろ姿を見ながら進んでいる哲郎は、この女の後ろ姿は、あの夢の中に出てきた、後ろ姿しか見られなかった女性そのものではないかと思っていた。

四番目の横穴にもう着いた。十分もかからなかった。やはりこの横穴に女は入って行く。登りながら進むこの横穴を、走るようにぽんぽんと登って行く。何回もここに来ているという風に行ってしまう。今度ばかりは、哲郎もついて行けない。松明の火はどんどん遠くなり、自分は電灯のライトだけで追っていた。

ずいぶんと離されたろうか。ここを曲がると、行き止まりまでもう少し。そこを曲がった時、哲郎の肝が冷えた。赤い松明の火が、全くどこにも無いのだ。

あの女は、もののけ…。

奇妙な事ばかり興る。

ライトをかざして行き止まりまで行って、周囲をまんべんなく見回す。松明を消したのなら、それがある筈。女も松明も全く何も無い。

さっき哲郎が置いた「穴神」の石も、哲郎が置いた位置から消え去っていた。哲郎は「ぞっと」して、体の中に冷たく何かが走るのを打ち消すことができなかった。

「フフ」

岩が笑った。

まさか、

「フフフ」

いや、確かに笑った。

哲郎は、二、三歩後ろへ下がった。石につまずいてよろける。さっき「穴神」の石を置いた岩の一番奥の岩と岩の間に、かすかに何かが動いた。とっさにライトを向ける。青白い女の顔をライトが照らし出した。その顔は、微笑んで哲郎を見詰めていた。その顔は、この世のものとは思えないほどに、ぞっとする美しさがあった。

女が現れた所は、哲郎がさっき来た時も、今、女がいなくなって女を探した時も、もちろんこんなに狭い空間なので、何度もその岩の隙間を見た。横になって哲郎がやっと入れるぐらいの幅で、奥行は一メートルぐらいか、ただの岩の割れ目である。

女は、哲郎にリュックを下ろすように言った。哲郎は、女の言われるがままにした。あまりのショックで、今は自分で何かを考えて行動をしたくないと思い、女に言われるように岩の割れ目に入った。

行き止まり方向に顔を向けて入る。次に、後ろの岩に寄り掛かるようにと言われる。また言われるままにする。すると、どうだろう。後ろの岩が動いて、割れ目の奥が五十センチぐらい開いた。開く先には、空間があった。女は、その空間に行くように促す。言われた通りに哲郎は、空間に入った。そして女は、哲郎のリュックをその隙間から哲郎に渡すと、自分もその空間に入ってきた。厚みは十センチもあるだろうか。その岩戸を元に戻して割れ目を閉じると、その岩戸と同じ面にある深さ十センチぐらいの溝に、立方体の石を二カ所にはめ込んだ。

女は哲郎に、

「こちらからは開くが、あちらからは絶対に開かないのじゃ」

と言って、ニコリと笑った。

二人が出てきた空間は、ちょうど行き止まりの空間の裏側だった。二人は、松明とライトを照らしながら、峠道を登って行くように洞内を登って行った。

十分も行くと、遠くに明かりが見えてくる。女は松明の火を消し、岩の隙間に隠す。哲郎のライトだけで暫く行くが、これももう必要が無くなる。ちょうど人が入れるぐらいの横広がりの穴に、外の明かりが差し込んでいた。

その穴を抜けると、岩山の崖の中腹に出た。時計を見ると、三時を少し回っていた。太陽が出ていないので、ポケットから磁石を出して方向を調べた。あの窪地の東南に出てきた事になる。

女がいつも落ち着き払っていたのは、こういった仕掛があったからだろう。二人は手頃な石を選んで、それに腰掛けた。黙って休んでいると、

「ありがとう。礼を言うぞ」

と女が言った。

その言葉の響きには、嘘は無かった。哲郎も同感だった。

この女がいなかったら、洞内でのたれ死ぬか、あの不気味な集団に殺されるか、どのみち無事でいられる筈はなかった。

哲郎も、

「ありがとう」

と言って、女に頭を下げた。

洞内の重苦しい空気とは違って、外気の何とすがすがしいことか。谷を渡っていく風は、肌を刺すような寒風だったが、二人共、胸一杯に吸い込んだ。

哲郎は、寒風に吹かれながら考えていた。「穴神」の石も一応は見ることができたし、不思議な体験も充分に味わった。今回の探索の旅も、八割方は成功だと思った。

予定より一日早いが、今回はこれぐらいにして、次はもっといい季節に出直してこようと思っていた。ただ一つ気になることは、哲郎と争った時ナイフで刺してしまった男のことだ。止血はちゃんとしたし、死ぬようなことはないと思うが、あの時はああしなかったら自分が殺されていたに違いなく、あれは完全な正当防衛だと思っている。

ここをくだれば、多分、志賀坂峠の群馬県側に出る。まだ三時少し過ぎだし、今から急げば今日中に、練馬の我が家に帰れる筈である。

「寒くなった。儂は帰るぞ」

女が言うと、東側の端から岩場を下《お》りて行ってしまった。

山羊が通るような狭い道に、雪が積もっている。足を滑らせたら谷底までは、優に百メートル以上はある。だが女は、「ぽんぽん」と器用に下りて行ってしまうのだった。

哲郎は、その後ろ姿を暫く眺めていたが、哲郎もそれに習った。下に見える谷筋の小径は、多分志賀坂峠への道に続いていると思ったからだ。哲郎が一歩一歩雪を踏みつぶして、足場を作りながらまだ半分も下りきらないうちに、女はもう谷の道まで下りて、哲郎を仰ぎ見ていた。

二人は谷の小径まで下りて、暫く行くと小さな沢にぶつかった。小径はそこで左右に分かれていた。右に行けば多分叶山方面、左に行けば志賀坂方面だと思った。地図を出して確認してみたが、やはり間違いはなかった。

女は右に登ると言う。

哲郎は左に下りて、志賀坂峠を越えて、坂本からバスに乗り小鹿野経由で秩父に行き、西武秩父線で今日のうちに練馬まで帰ることを女に話して別れようとした。

女は終始、怪訝そうな顔をして哲郎の話を聞いていたが、

「パスって何じゃ」

「パスじゃあない」

「バスだ」

「それは何じゃ」

「バスだよ、バスを知らないのか。観光バスとか、路線バスとか、どこにだってあるあのバスだよ」

女は答えるかわりに、ぷっと後ろを向くと、哲郎とは逆の方へと歩き出した。

哲郎も付き合いきれないと思い、逆の道を志賀坂峠に向かって下りて行った。

地図からすると、三、四十分も歩けば、志賀坂峠の舗装路に出る筈である。哲郎の歩調は自然に早くなった。すでにあれから一時間は歩いている。未だに舗装路に出合わない。今自分が歩んでいる道は、下りてきた小径とは違い、車の一台ぐらいは優に通れる道幅があった。

地図を何回見ても、決して方向は間違っていない。リュックを下ろし、道端でもう一度地図を開く。この道はどう考えてみても志賀坂峠の峠道なのである。

また、さっきから雪に残った跡を気をつけて見ているのだが、自動車のタイヤの跡らしきものは何もなく、馬や牛だろうか、そういった家畜の足跡や、木のワッパでも転がしたような跡しか見ることができないのだ。脇の渓流の音だけがやけに耳に響いて、薄暗い谷の道は少し気味が悪かった。

「ギシ、ギシ、ギシ」

かすかな物音が聞こえた。

哲郎は素早くリュックを背負うと道端の岩影に姿を隠した。その音は、渓流の上の方から近づいてくる。思い切って哲郎が岩影から首を伸ばすと、ヌーと牛の顔が覗いた。牛車だった。その牛車は、材木を積み、それに二人の男が付き添っていた。哲郎が岩影から飛び出ると、二人共とても驚いた様子だったが、哲郎はためらわずに、バスはどこで乗るのが一番近いかと聞いた。

二人は少し何か話していたが、

「パスッて何だ。おめえどこの国の人け」

女と同じような事を言い出した。

「バスですよ、あのほら大きい。何人も人を乗せてエンジンで動く」

と、バスの格好を作ってみせた。

「おめえ、変なかっこしてんな。どこの国の人け」

「どこの国って、ここは日本でしょう。皆さん日本人でしょう。日本に決まっているでしょう」

哲郎が少しいらいらして言うと、二人の男は顔を見合わせ、頭の上で手を二、三回開いて頷き合った。それからは一言も言わないで中里村の方へ下りて行ってしまった。この二人の服装も、やはり時代劇の木こりかなにかのような格好だった。

もう五時を回っていた。時計を見ていると、濃い灰色の空から白いものが落ちてきた。

「雪だ、また雪が降る。民宿の主人が、この地方は雪は続けて降る事はめったにないと言っていたのに……」

哲郎は、人恋しくなった。リュックの中からブランデーを取り出すと、一口、また一口と流し込んだ。そして、あの女の事を思い出した。今日はもう帰れそうにない。あの女は、沢の道を右に登って行った。そこには部落があるかもしれない。哲郎は、今来たばかりの道を重い足取りで引き返して行った。

第十章　†　戦国の姫

哲郎が、女と別れた沢の分岐点から、左手に沢を見ながら降りしきる雪の中を登って行くと、沢の合流点に出た。沢を挟んで少しばかりの平地があり、その奥に人家の明かりがかすかに見えた。小さな黄色の明かりだけれど、哲郎には太陽のように思えた。

あの女の家かもしれない。

右側の沢を飛石づたいに渡ると、新雪の上をザクザク音をたてながら、一直線に向かった。昨日の凍った堅い雪の上に、さらにもう五センチは積もっていた。雑木林を抜けると、二、三百坪はあろうか、その白一面の平らな所までやって来ると、家の全景が見えた。

近くで見てみると、志津の家を思い出した。向かって右に戸口があって、部屋らしきものが左側に二つある。やはり背が低いが、小さくても太い材木でがっしりできていた。腰ぐらいの高さの石垣も、同じように家を遠巻きに巻いていた。何だか、あの窪地で突然消えて無くなってしまった志津の家が、ここに蘇ったのではないかと思った。

雪の中をけたたたましい鳴き声と共に、真っ白い犬が哲郎めがけてかけてきた。

シロだ。

哲郎は、シロが生きていたのだと思い、膝をついてシロが駆け込んでくるのを待っていた。しかし、当てがはずれた。シロではないのだ。姿、形ともシロには似ているのだが、この犬は右の耳先が半分ほどちぎれていた。犬は、飛びかからんばかりに哲郎に歯を向いてうなっている。

「これ」

声と同時に、小さな礫《つぶて》が犬の方へ飛んできた。犬は、うなるのをやめた。ふと顔を上げると、家の軒先に一人の老人が立っていた。白髪に白い髭を蓄え、哲郎ぐらいあろうか、背が高く、自然に構える立姿は凛としてまた一分の隙も無かった。

哲郎が挨拶を交わそうとすると、老人は、

「雪の中では話もできません。どうぞ中へ」

と哲郎に手招きする。

哲郎は体の雪を払って軒先まで行くと、哲郎を先に入れて、厚い戸板を閉めた。

家の中も志津の家にそっくりで、変わっている物と言えば、梁に弓や、槍などの狩猟に使う物が掛けられている事ぐらいだった。囲炉裏の火は赤々と燃えていて、自在鉤《かぎ》に吊された大鍋は、ぐつぐつと味噌のいい香りを部屋中に漂わせていた。

老人は、早く荷を下ろし、履いている物を取って囲炉裏にあたるように勧めてくれた。今会ったばかりの自分を、こうも初めから信用してくれることに、少し気味の悪さを感じた。

戦いといい、脱出といい、最後には家に帰るつもりで志賀坂方面に向かったのだが、舗装の道さえ見つけることができなかったのだ。

哲郎も、だいぶ疲れていた。時計を見ると、八時に近い。もうこれからでは、どうする事もできない。お言葉に甘えて、厄介になる事にした。幸い、お金は全く使っていない。今夜一晩泊めてもらって、明朝早々お金を置いて、今度は中里村にでも下りて、藤岡方面から帰る事に決めた。

ヤッケ、ジャンパー、登山靴を脱いでいると、老人は哲郎を不思議そうに見つめていた。

「何か」

と、哲郎は老人に問うと、

「失礼いたした」

老人はそれだけ言うと、囲炉裏の中へぼっと薪を投げ込んだ。パチパチと赤い火の粉が飛んだ。

今度は哲郎が、四角い囲炉裏の一辺に座って、体を暖めながら老人を見ていた。立派な髭が、囲炉裏の炎をうけて銀色に輝く。それは、浅黒い彫りの深い顔によく似合っていた。サモイのような茶色の上下に、これも何か動物の毛皮をまとっていた。動作に全くの無駄が無く、穏やかな物腰に隙を感じさせない。多分、何かの芸に達している人だと哲郎には推測出来た。

あの女の事を老人に聞こうと思い、老人の鍋の加減を見る手が止まるのを待っていた。と、その時、奥の間から二人の男女が姿を現した。二人は、無言で各一人一人、囲炉裏の一辺に座った。これで囲炉裏の四片はいっぱいになった。

哲郎は二人を見た。一人は、紛れもなくあの女だった。もう一方は、若い男、いや男の子と言った方が正しいぐらいの少年であった。年は、まだ十二、三。赤い唇が初々しく炎に光って見えた。

少年は、ぺこんと哲郎に頭を下げると、にっこりとしてみせた。哲郎も無言でにこりと会釈した。その間合を見てか、老人が口火を切った。

「先刻は、姫を助けていただき、誠にありがとうございます」

老人は、哲郎にひれ伏して言うのであった。そして続けて、

「どちらの御国から来られたかは存じ上げませんが、こんなあばらでも風雨はしのげます。今宵は何卒ごゆるりとあそばせませ」

といんぎんに言うのである。

「爺、そんな堅苦しい事はもうよい。早く汁を食べよう。腹が減った」

女は言う。

「太郎も食べや」

「はい姉上」

「これこれ、若もひい様も、お客人が先ですぞ」

すると、

「私が取ってやる」

姫と呼ばれた女が、脇にあった大振りの木の椀に野菜汁を大盛りにして、哲郎に渡してくれた。こんな所まで、昨夜の志津の家と似ていた。

皆食べ始めているのに、やはり熱すぎて、すぐには哲郎は食べられない。今日は、色々な事があり何も食べていない。犬のお預けのようにお椀を両手で持って待っていると、やはり女はくすっと笑った。

「ひい様」

老人が目でたしなめる。

哲郎も、昨夜の筋書きどおり、この大振りのお椀で三杯汁をいただいた。味噌仕立ての汁に色々な山菜を入れ、研いだだけの米をそのまま入れたこの食べ物は、とても旨かったし、体を芯から暖めてくれた。

哲郎は心からお礼を言うと、

「こんな山中、まだしも上の屋敷でしたら御酒などもありましたものを、ほんに御粗末さまでございます」

と、丁寧に老人は言うのだった。

老人の言葉の中に、酒という言葉があったのを哲郎は見逃さなかった。昨夜もそうだが、初めての家に厄介になって、断わらずに酒なぞ飲めるものではない。しかし、今哲郎はむしょうに酒が飲みたかった。タイミングよく、酒という言葉が出たので、

「酒なら私が持ってます」

と、つい口から出てしまった。

「飲んでもよろしいでしょうか」

と言うと、

「自分のものを、自分でどうしようと、そんな事はお好きになされませ」

と、昨夜と同じようなことを言われる。哲郎は、喜んでリュックから例の水筒に詰めたブランデーを取り出した。この緑色のテスタロッサのアルミの水筒は、一・五リットルは入る。見た

所、まだ七割ぐらいは入っていた。リュックの中にも、七五〇ミリリットル二本とポケットビン一本が入っていた。寒さを予想して、少し多めに持って来ていたのだ。

哲郎が炉端に戻り、ラッパ飲みに一口飲むと、部屋中にブランデーの香りが漂った。

「姉上、とてもよい香りでございます」

太郎が言った。

老人はそれを見て、哲郎に盃を持って来てくれた。少し大振りのぐいのみだった。哲郎は一杯飲み干すと、老人に盃を渡した。老人は、微笑んでそれを受ける。一人で酒を飲んでも面白くない。ぐいのみの半分ほどブランデーを注ぐ。老人は、おもむろに香りを嗅ぐと口に当てた。一口含むと、ゴクッと喉を通した。少し無言でいたが、しばらくして出た言葉が、

「うわっ、これは強い。これは御客人、そこもとの御国の御酒でござるか」

と少し顔を赤らめて言うのであった。

さっきから哲郎の正面で哲郎をじっと見ていた姫と呼ばれる女が、

「爺、儂《わし》にも」

と言って老人からぐいのみを奪い、同じように一口飲んだ。

「よい香りじゃが、ほんに強い御酒じゃ」

とむせるようにして言うのであった。

「姉上、太郎にも」

少年の太郎もまた同じように、

「よい香りじゃが、ほんに強い御酒じゃ」

姉に真似て言ったので、皆、どっと笑った。

哲郎は、あえて酒の説明をしなかった。フランスのなにがしのと言っても全く意味がないと思ったので、私の国の酒だと言っておいた。

各自それぞれの盃を持ち、それを味わうかのように飲み始めた。場が和んできたのを機に、哲郎は皆の名前を聞いた。老人は佐内、少年は太郎、姫と呼ばれる女は志乃……。

志津に似て、志乃と言った女の年は十八歳だと言う。太郎は十三歳、佐内は五十八歳だと言った。

さて哲郎の番だが、名前は山本哲郎、年は二十八歳。ここまでは簡単なのだが、その次のどこの国からと説明するのは難しい。東京の練馬だと言っても、それはどこの国だと言う。昔風に武蔵の国だというと、武蔵の国はここも同じ。そんな酒はないし、そんな出で立ちをしている人など、どこにもいないという事になってしまう。皆酔っているから、益々ややこしくなってしまう。

最後に家族のことを聞かれたので、女房と娘一人だと言って財布の中の写真を見せたら、皆、暫く口をきかなくなってしまった。

哲郎も聞きたい事が多くあったが、まずはバスの停留所はどこが一番近いかと聞いたら、志乃も老人も、バスとは何だという事になってしまった。最初は、酔って皆、冗談を言っているのだと思ったが、どうも話がおかしいのだ。思い余って、今年は何年だと聞くと、『天文一九年十二月三十日』一五五〇年だと言う。哲郎は、もう一度問いただした。

「天文一九年十二月三十日」

佐内老人は、よどみなくそう答えるのだった。

格子窓から雪をともなって風が入り込むと、囲炉裏の火がゆらゆらと動いた。強いブランデーに太郎は眠くなったのか、奥に入って行った。

残った三人は、佐内が脇の沢で春先釣ったというイワナの燻製をつまみにブランデーを飲んでいた。しっかり乾燥したそれは、油気が抜けていてとても旨かった。哲郎は、それを親指の腹で割りながら食べていた。

佐内は、強い酒で酔ったせいか、

「姫様のおてんばにも、ほとほと困ったものでござる」

と愚痴っぽく言うのである。

「もし山本氏が助けて下さらねば、今頃は悪党共の……」

「爺、そうは言うがな、もし御父上の形身《かたみ》のこの印籠がなければ、太郎が世に出るに出られまい」

「少しお待ちいただければ、この爺が必ず奪い返して見せますと、あれほどひい様にはお話ししてありましたのに」

と困った顔で言う。

「ぐずぐずしていれば、あやつらの事。どこかに売り飛ばされるとも限らんし、穴から伺っていたら、昨夜は一人を残して雪の中を出て行ったので、屋敷に忍び込んだのじゃ」

「もともとは我らの屋敷だし、うまくいくと思ったのだが、小さいが猿のような力の強い男に掴まって、牢に入れられたのじゃ。爺が助けに来てくれると思ったら、山本様が代わりに来て下さった」

「呑気な事を。穴の抜け道に安心して羽目を外すと、命取りになりますぞ。今後は必ずこの爺に」

くれぐれもと言うのであった。

「わかった、わかった。でも爺、印籠を取り返してやったぞ」

と言うと、よほど嬉しいのか、藍染めの紬の袂《たもと》から印籠を出して、佐内に見せるのであった。

「ひい様もこの御酒ではさぞ御酔いなされましたろうに、もう奥で御休みなさいませ」

佐内が言うと、

「まだ、ねむとうない」

とだだを言ったが、今日は疲れたのだろう、暫くすると奥に入って行った。

哲郎は、佐内と二人きりになると、なぜあの女の事を姫と呼ぶのか佐内に尋ねた。佐内は残っている盃のブランデーを一気に飲むと、ゆっくりと落ち着いた調子で語り始めた。さっきの姫とのやり取りとは別人のように。

「そう、今から四年前になりますか」

指を折って数えて見せる。

哲郎も、飲み干した佐内の盃にブランデーを注ぐ。

「我ら一族は、武田との戦に敗れ、志乃姫様、太郎君様の御父上、母上様は、城と共に打死になさいました。ご両人は、また世に出る時もあろうと言うと、我ら腕の立つ者五名を付けて、城が落ちる二日前に二人を城から落としたのです。我々は、何とか武田勢の包囲を抜けて、追手を振り切りながら信州から十国峠を越え、この地に辿り着きました。追手を欺くため商人のなりをして来ましたので、中里の旅籠に四、五日いましたが、商人がこれといった商もしないので、宿の主人はいぶかしがり、私に、もしやと話をかけてくれたのです。私も十人を信用して、事の成り行きを話しました。すると、この地に、とてもかっこうな隠れ家があると言って、貴方様が志乃姫様を助けて下さった所へ、我々七名を、まだ村人が寝静まっている頃に案内してくれたのです。ご承知のようにあそこは、西北の沢沿いにほんの一カ所だけ入口がある他は、四方八方岩で包まれています。一同ここならと喜んで、宿の主人にお礼を言って金子を渡したところ、ここは自分の山だから、北側の木を切って自由に使っても構わないと言ってくれました。我々男五人、寝る間も惜しんで姫君や若君の住まい、そうあの家を作ったのです」

遠くを見るような目で、そう話すのだった。

佐内は、乏しくなった囲炉裏の火に薪を四、五本投げ込んで、哲郎が注いだブランデーをコクッと音を立てて飲んだ。哲郎は聞いていても半信半疑でいる。一九九九年を天文十九年十二月三十日と言うし、この地域の人達は、皆狂っているのではないかと思うだけであった。まあ、付き合うのも今夜一夜だし、明日の大晦日の夜には、家でテレビでも見ているだろう、などと考えていた。

佐内の話はよどみなく、話を聞いていても何もない山中だし、酒のつまみには面白いと思っていた。佐内はまた続けた。

「男手五人、そんな大それた物は作れませんが、何とか風雨は凌《しの》げる家ができました。あの窪地にはご存じのように、いい水も湧くし、山中にしては珍しく土地も平らです。我々は色々な作物を作ったり、そうそう、自前の酒なども作ってみました。カモシカやシカ、クマ、ウサギ、山鳥。狩りに行っても、何かは必ず持ち帰れたものです。里人も時々、狩りや山仕事で会いましたが、だんだん親しくなって、遊びに来るようにもなりました。だが我々は、いつも用心は欠かさず、あの穴の抜け道も、あの穴をよく調べ、三年がかりで作りましたが、決して人には告げないでおりました。もし敵や追手が来たら、若君様や姫様達を逃がすためにと作っておいたものなのです。また、こうして話しているこの家も、その時に備えて作っておいたものです」

話を聞いているといちいちうなずけるし、酒の酔いも加わってか、哲郎は佐内にブランデーをつぎ足すと、「それから」と話を促すのだった。

「三年近くは、自分達が落人という事を忘れるほど平穏な日々でした。畑では、色々な野菜が取れたし、季節ごとの山菜を摘み、川にはヤマメ、イワナが群をなし、狩に行っても獲物は豊富でした。何不自由無い日々が過ぎました。城にいた頃私は、姫様や若君様の守役として、二人の教育も任せられておりました。その頃は、姫様もあんなではなかったのですが、なにせこちらに移ってからは、六人の男の中の女一人。落ち延びる時も、男装をして周囲の目を欺きながら参りましたし、そのうち狩にはついて行くは、鍛錬の時には打物を振るうようになるわ、あんなにおてんばになってしまわれて」

苦笑いをすると、また盃をかたむけるのであった。

佐内の話はまだまだ続いた。

「あれは初秋の頃、多分キノコにあたられたのだろう。ちょうど私は、十四郎と武之進を連れて狩に出ていた日の事です。若君が急に腹痛を訴え、激しいおう吐に見舞われたのです。残された八十助と金吾は、戸惑いながらも八十助の考えで若い金吾を使わし、宿の主人に助けを求めました。運良く宿人に薬師の薬売りがいるという事で、金吾は宿の主人とその男を伴なって、あの隠れ家まで来てしまったのです。八十助も金吾もとっさの事でもあり、慌てたのでしょう。私がいたら、若君様を背負ってでも里まで連れて行ったでしょうが……。それから悲劇が始まりました」

そう言うと佐内は、大きく溜め息をついて、囲炉裏の火を見つめるのだった。

雪は、増々風を伴ない激しさを増すばかりであった。

第十一章　†　化け物の計略

「なに、若君様が。それは一大事。金吾様、わが宿にも毒消しぐらいは置いてありますが、キノコの毒ではそんなまやかし物で治るかどうかは」

宿の帳場で金吾と主人が話していると、異変を悟ってか女房のお綱が、そういえば富山から天仁済という薬売りが宿に泊まっていると言う。金吾も主人も様子を話して、薬だけ分けてもらう事にした。

「ごめんくださいまし、この宿の主、吉兵衛にございます」

「どうぞお入り下さい」

穏やかな声が返ってきた。

吉兵衛を先に障子戸を開けて入って行くと、大きな葛籠《つづら》を部屋の端に置き、男はちょこんと畳の上に正座をしていた。身なりがさっぱりしていて、金吾にも薬師と判断できた。

「どうなさいました」

男が穏やかに尋ねると、

「いやいや、おくつろぎの所失礼かとは存じましたが、この御方のお舎弟が、キノコの毒に当たられ、往生しているとの事で相談に来られました所、運良く貴方様に御泊まりいただいている事を女房から聞きつけ、ここに参った次第でございます」

吉兵衛はそう言うと、金吾も頷いた。

「それは一大事。キノコの毒といえど、強い物では人を殺めます。さっそく診て差し上げましょう」

男は立ち上がり、薬が入っている葛籠《つづら》を大きな風呂敷で包み始めた。

「それが……薬だけ頂ければ、一時《いっとき》はかかる遠い所にいますもので」

金吾がしどろもどろに言うと、

「そうそう、薬だけを頂ければ」

吉兵衛も口を揃えて言う。

「では、弟をここまで連れて参ろう」

金吾がそう言うと、

します」

「行って一時、帰って一時、そんな呑気なことを言っていて、万が一の事があったらどういた
します」

　薬師は、強い調子で言うのである。

　金吾も吉兵衛も少し思案していたが、結局男に押し切られる形になった。

「では、すぐに参りましょう」

と言って、吉兵衛と金吾が下りて行くと、薬師もその大きな薬葛籠《つづら》を担ぎ、二人に続いた。神流川を吊橋で渡り、神流川の支流沿いに、叶山を右に見ながら半時ほど登って行くと、正面に鬼の角のような、縦長な、高さが数十メートル近くある巨大な大岩が目に入った。

　その岩は一対になっていて、その大岩のわずか二、三メートルの隙間からは、白く一筋の滝が下の岩盤に落下していて、その飛沫《しぶき》を四方八方に飛び散らしていた。何とも不思議な光景である。その滝の下まで登り詰めると、今度は、その大岩を左から巻く形で、大岩の縁に沿って登っていく。左の谷は、だんだん深くなっていく。途中、石灰質の岩穴の中をとうとうと水が流れていたりしていて、まことに奇妙であった。

　滝からまた半時ぐらい登ったであろうか、岩と谷の間の二間ほどの狭い山道を抜けると、角のような大岩の裏手に出る。二人は、何も驚きもしなかったが、後に入って来た薬師の顔には、明らかに驚きの色が見えた。

「こんな所に…」

薬師が小さく呟いたが、金吾にも吉兵衛にも聞こえる声ではなかった。

雑木林の森を下《お》りて行くと、こんな山中にしては立派な屋敷があった。薬師は、左手の奥から二番目の部屋に通された。そこには、まだ十を少し数えたばかりの一人の少年が、腹を抱えて苦しんでいた。その脇には、これもまだ若い一人の女が、看病をしていた。その横顔の何と美しいことか。薬師が見とれるように遠くからその二人を見ていると、金吾が早く診てくれるように催促をした。この若い二人に対し、周りの者達の物腰や言葉のやり取りから、主従関係である事はすぐに薬師にもわかったが、薬師は全く知らない顔でいる。

「さあ、これでもう安心でございます。そうそう、この薬を一日二回、朝に夕に」

と言って、白い小さな包みを十ほど金吾に渡してよこした。

薬師が囲炉裏で茶をすする頃には、少年はもう、うとうととまどろみ始めていた。

「どうも、かたじけのうござる」

金吾が言うと、傍らに居た八十助も頭を下げた。

「キノコの毒も、強い恐ろしいものですと人をも殺《あや》めます。今後は、まずご用心あそばせませ」

もう一時も遅かったら大事になっていたかもしれないと、長い総髪をなでながら言うのであった。

二人は、また深く頭を下げた。

薬師の長い顔の白目がちの細い目が、その時少し笑った事を誰も気づかないでいた。薬料を受け取ると、何日かしたらまた様子を見に来ると言って、吉兵衛と一緒に山を下りて行った。

その話を佐内が聞いたのは、その日の夕方だった。

佐内達が何羽かの山鳥を背に帰ると、佐内達が出かけて間もなく、太郎君が腹痛を訴えた。それは、益々ひどくなり、口から白い泡をふいて苦しがった。見るに見兼ねて吉兵衛に相談すると、ちょうど富山から来ている薬師がいる。その薬師は、医術も心得ている。その男に薬だけでよいと言うと、キノコの毒は人を殺めるまでであると言われて、ここまでその男を連れて来てしまった。太郎君の事を思うと、そうせざるを得なかった。また、太郎君の容体を何日かしたら診に来てくれるとも言って帰って行った。

金吾はかいつまんで佐内に話した。この頃は平穏な日々で安心していると思うが、くれぐれも用心を怠らないようにと佐内は皆に言った。

それから十日も過ぎた頃だろうか。薬師の薬が効いたのか、太郎は全快していた。薬師が、薬ごうりのかわりに何か瓶のような物を吊してやってきたのも、ちょうどその頃だった。

「御舎弟のご容体はどうですかな」

窓の戸板を直していた金吾に話しかけた。

金吾は振り向くと、白い歯を見せて、

「お陰様で、元気を取り戻しました」

こんな会話をしていると、中から佐内が出てきて、

「これは、先程の薬師の先生。末の息子の命を助けて頂きまして、本当に有り難う御座いました」

と丁寧に挨拶するのだった。

「命を助けるなどと、おおげさな。ただ持ち合わせの物が、御子息の体に合ったのでしょう」

と薬師は答える。

こんな所で立ち話もと、佐内は薬師を中に入れた。薬師も、今一度容態を見たいと言って中に入った。佐内が茶の支度にかかっていると、木刀を片手に、

「爺、水をくれ」

と元気な少年が飛び込んできた。

薬師には、それが先刻床に伏せていた少年だとすぐにわかった。少年の方は、ちらりと薬師を見たがわからないようで、また大声で、

「爺、水をくれ」

と言うのであった。佐内は、慌てて少年に目配せをすると、今度は、

「父上、水を下され」

と言うのであった。

薬師は、全く知らない風で、戸外を眺めていた。

水を飲み終えると少年はまた、木刀を振り回しながら裏の雑木林へと駆け込んで行った。

「あんなに元気になられて、私も安心しました」

薬師が言うと、

「命の恩人に挨拶もできないで」

佐内は少し困った顔をする。

すると、

「あの時は、意識もない程の苦しみよう。私の事など覚えている筈が御座いません」

薬師は、そう言ってくれるのであった。

二人は、小半時も話をしただろうか、

「御子息も全快なされたと見えます」

と言って、薬師は腰を上げた。そして、持って来た二升余りは入るだろうか、茶色の瓶を、

「皆様で」

と言って、上がり框に置いた。佐内が「何か」と尋ねると、酒だと答え、先刻過分な薬料を頂

いたので、町に出かけた折に買って来たと言うのだ。天仁済と名乗った薬師は、

「こんな重い物をまた持ち帰っても大変ですので、ぜひ皆様で」

と言って、もう一度酒瓶を前に押しやった。

佐内も、あまり遠慮してもと思い、快く受け取った。

天仁済が外に出ると、金吾、八十助、十四郎、武之進、皆いんぎんに頭を下げた。佐内が、軒に吊してあった山鳥を天仁済に渡すと、

「これはこれは貴重な物を、有り難く頂きます」

と言って、軽く一同に頭を下げ、その長い総髪を風になびかせて帰って行く。

下の滝まで下りて来ると、突然、土産にもらった山鳥を、「こんな物」と忌ま忌ましげに言うと、滝の流れに投げ捨ててしまうのであった。

†

一族が追手を逃れ、十国峠辺りを越えて武蔵の国境まで来た事は、武田方にもわかっていた。ただ、それから先の消息がつかめず、四年余りの歳月が過ぎていた。この頃では武田方も、それらの首に恩賞金をかけておいて、追手の本隊は甲州に帰っていた。

　ここは、武田信玄晴信の宿将板垣信方の屋敷の中庭であった。先刻から、敷き詰められた玉砂利の上に背筋を伸ばし、きちんと正座をして主人を待つ者がいた。その総髪は、腰まで届き、長い顔に白目がちの細い目をなお一層細くして、何か思案げに待っているのだった。それは、先程太郎君を助けた薬師の天仁済、その人であった。


「天善、噂はまことか」

　殿上現れた主は、庭先でひれ伏している薬師にそう言った。

「ここに控える藤次の申す事により、先刻調べて参りました所」

と話し始めると、金吾と宿の吉兵衛が助けを求めに来てからの話を、一部始終話してみせる。やがて、屋敷の主は聞き終えると、

「まず、違いはなかろう」

と言って扇子で自分の膝を打ち鳴らした。

「有り難きお言葉」

　うやうやしく天善が頭を下げると、後に従っていた三人は、ガマのように額を地べたにこすり付けた。

「お館様は、あの笠原家代々に伝来した、天下の宝刀安綱を是が非でも探し出せとの事である。三年前の志賀城落城の際、城内を隈無《くまな》く探したのだが、結局その行方はわからなかった。たぶん落人と一緒に、持ち出されたのではないかと申され、この儂に捜索を御命じなされた。その行方を追っていたが、三年余り探しても手掛かりがつかめず、儂もあきらめかけていた。そこへこの度、そちが持ってきたこの話、お館様もさぞお喜ばれになる事だろう。何せ、一国とも変えがたいと言われる天下の宝刀じゃからな」

と何時になく、上機嫌で言うのであった。

「で、決行は」

主が鋭く言うと、

「五日後が祭りにあたります。また私が酒など持って、今度は毒入りの酒にして、祭りだからよろしかろうと言って、私も一緒に飲みましょう」

「天善、一緒に飲めば、そちもあの世とやらに行ってしまうであろうが」

「殿、御心配有り難き事ですが、私めは始めに解毒薬を飲んでおきますゆえ、心配にはおよびません」

主は、黙って頷く。

「相手方は五、六人。正面から踏み込んで、蹴散らしても構わぬが、念には念をか」

主は、独り言のように言うと立ち上がり、

「天善、そちに任す。万事はぬかりなく」

と言って席を立ちかけるが、振り返ると、

「姫が一人いた筈じゃが、どんな姫じゃ」

と何気なく聞く。

「まことに美しい姫君でございまする」

天善は、力を込めて言うと、

「それも生かして連れて参れ」

「ハハー」

天善は、またおおげさに頭を下げる。後の三人は、品のない薄汚れた顔をガマガエルのように、額を地べたに擦り付けるのであった。

一時庭が水を打ったようにしんとする。

「藤次、聞いての通りだ」

天善は振り向くと、三人の野伏風の男達に言った。続けて、

「祭りの前夜、儂は殿から五十名の兵をお預かりして行くから、中里の橋の下で待て。くれぐれもぬかりのないように」

その細い目に、力を込めて言うのであった。

「有り難きお言葉。五十名の兵と、天善様の御計略、必ず討ち取ってお見せいたします」

一番前の一人が、鬼瓦のような顔を真っ赤にして言った。

「お館様の金山も、益々忙しくなっている。人足は滅ぼした国々から連れて来れるが、女が足りなくて困っとる。藤次、そっちの方もな」

天善が、にやっと笑うと、藤次も心得ましたとばかり、いやらしく黄色い歯を見せて笑った。脇に控えた二人は終始無言で、瀬戸物で作った置物のように、ひれ伏した姿勢を一時も崩す事をしなかった。


村祭りの太鼓のせいか、裏山の雑木林の鳥のさえずりが、今日は何時になく少ないように思えた。各自仕事を早目に終えて、今日は皆、里に下りる事にしていた。宿の吉兵衛も、赤おこわなどを炊いて待っていてくれると言う。若い金吾などは、先程からそわそわしていて、鍛錬の時などすきを突かれ、頭に二、三こぶなど作る始末であった。

若君も姫君も、もう祭り用の着物に着替え、奥の間で皆の支度を待っていた。ただ一人、そのかたわらで寝てる者がいた。佐内だった。二、三日前から風邪を患って、祭りまでには治すと言いながら、今日になっても一向に熱が引かなかった。

「爺、残念じゃのう」

　太郎君が言うと、

「爺の分まで楽しんで来て下され」

と佐内が子供のようなことを言うので、

「爺には大きなべっ甲飴でも買って来てあげましょう」

と志乃が、笑いながらからかっていた。

　そんな話をしていると、

「天仁済殿が参られました」

と金吾が三人に告げた。続いて天仁済が顔を出すと、

「おやおや、鬼の霍乱《かくらん》でございますかな。祭りだと言うのに、お気の毒様でございますな」

と言いながら、覗き込んだ。

　志乃は、ぷいっと嫌な顔をした。志乃は、この男がここへ来た時からこの男に好意を持てないでいた。

「あれから皆様お元気でいるかと思い、今日は祭りでもありますので、またこんな物を下げて参った次第です」

と言って、大きな瓶を持ち上げて見せた。佐内は、

「先刻戴いたお酒、大変美味しく戴きました。有り難うございました」

と床の中から礼を言った。

「佐内殿が風邪とは知らず、今日は薬葛籠《つづら》を持ってこなんだ。ま、風邪ならば二、三日寝ていればよくなるでしょう」

などと、脈も計らず、医師としてはいい加減な事を言うと、囲炉裏の方へ行ってしまった。

その言葉が佐内には少し気になったが、天仁済も、今日は祭りなので、里で少し御酒でも戴いて来たのだと思い、そのまま横になっていた。

「さあさあ皆さん、こちらに来て、今日は祭りの日。この御酒、重い思いをしてここまで持って来たのですから、皆で飲みましょう」

茶碗を並べて注ぐと、自分から一気に飲み干して見せた。

「この匂い、先日の御酒じゃな」

十四郎が素直に言うと、

「あれは、とてもよい酒でござった」

八十助も言う。

「さあさあ、御着替えも済んでいるようだし、里に出て行く前に一杯、さあさあ」

促されると、もう後には引けない。

「よばれますか」

と言って武之進が茶碗を取ると、他の三人も同じように茶碗を取った。

下目がちに天仁済こと天善の目が笑ったとて、誰も気付かない。思い立ったように、

「皆様、おめでとうございます」

と天仁済が言うと、一礼して皆酒をあおった。

「早く祭りに行きたいのに、皆酒なんか飲み出して」

太郎がふくれて言うと、佐内は、まだ日は高いし、少し皆を待ってくれるようにと太郎君に頼んだ。太郎は、割と素直に、

「うん」

と答えると、佐内の額に置いてあった布を水桶に浸し、それを絞ってまた佐内の額に置いた。

佐内の目から、自然に涙が零れた。

世が世であれば、一国の主となる人が…。そう思うと、何が何でもこの二人を御守りしなくてはならない、と強く思うのであった。

「うー」

苦汁のうめきと共に、今飲んでいたものが、鮮血を伴なって吐き出される。最初は八十助だっ

た。次に金吾。その時、天仁済が突然庭に飛び出し、裏の林に向かって大きく両手を振った。と、裏手の雑木林が動き出した。昨夜からカモフラージュして、天善の合図を待っていた藤次達追手が動き出したのだ。

「佐内殿、謀られました」

十四郎が三人の前まで来ると、心痛な声で言った瞬間、鮮血を吐き出す。

佐内はやはりと思ったが、もう遅かった。他の三人も、囲炉裏の周りで鮮血にまみれていた。

「毒とは卑怯な」

佐内は、腹から吐きだすように言うと、

「若、姫、爺の後を」

寝たきりの格好で、馬屋側の木戸を開く。

「佐内殿、後は我々ここで追手を防ぎますゆえ、御二人を無事に」

と十四郎は、鮮血のしたたる真っ赤な口で言うと、追手の迫ってくる庭先へと取って返した。

佐内は、二人を連れて東側の窪地の縁を窪地に沿って南へ移動した。東側から南側にかけては、岩山だけで隠れる物が何もない。佐内は、天善に悟られているとはわかっていながらも、そちらに移動した。

「バカな奴等だ、森に逃げればまだしも、あんな人目のつく所を逃げくさって」

岩の壁も切り立っているし、どうにもならないだろうと思って見ていると、突然三人の姿が視界から消えた。それは、金吾に切り掛かられるのと同時だった。天善は、ヒラリと体をかわし、難を逃れると、

「死に損ないが。そんな体で儂が打てると思っているか」

と、うそぶいて見せる。藤次達追手が屋敷を取り囲むと、

「じじい達は、向こうに逃げたぞ」

天善は南側を指差し、十名ほどそちらに向かわせた。

「藤次、奴等は毒をくらって虫の息だ。一気に蹴散らせ」

天善が言うと、二十名ほどが四人に襲いかかる。四人は互いに背を合わせ、各方面からの攻撃に備える。

一度打ち合わせて引くと、三人の追手が斬り殺されていた。さすがに選び抜かれた強者。毒はくらっていえど、そう簡単に打たれる事はなかった。背を合わせた四人は、穴まで辿り着いた三人を確認すると、

「ひとまずは安心。卑怯な奴等、一人でも多く地獄の底まで道連れにしようぞ」

と十四郎が言うと、今度は四人の方から打って出た。慌てた天善は、

「打て、打て、斬り捨てろ」

と大音声を張り上げて、一歩も二歩も後退する。追手も何度となく斬りかかるのだが、その度に二、三人が犠牲になった。

そうは言っても、時が経つにつれ、毒は体を蝕む。しびれで体を動かす事すら出来なくなった。それを見計らって、天善は、

「弓だ、弓だ、弓で射殺せ」

弓隊が雨のように矢をいかける。それを四人は、背を合わせて防御するが、毒で体が動かない。腕に一本、足に一本、一度いかけられる度にその数は増えていく。四人は血の海に泳いでいた。藤次が、弓隊から弓をひったくると、熊のような強力で、弓を絞って矢を放つ。矢は、するどく唸って八十助の眉間に深く食い込んだ。それを機に、取り囲んだ追手が一斉に攻撃に転じる。八十助のむくろを残して、三人が散開する。一人に十人余りが群がり、攻撃を加える。血を吐きながら応戦するその様は、まさに阿修羅のごとく凄まじい。金吾の首が飛ぶ。武之進のはらわたが飛び出る。十四郎の目に矢が刺さる。十四郎は、その矢を引き抜くと、その真っ赤な口元を歪めて笑う。その顔相の凄まじさに、一同後退りをする。

「ええい者共、今一息じゃ」

天善の声と共に、藤次が引いた次の矢が十四郎の胸板につき刺さると、十四郎も息を吸い込むような声を発して、あお向けに倒れていく。天善の後で藤次が、ニヤニヤと笑っていた。

佐内は穴の入口で、この凄まじい光景を見ていた。追手が一直線にこちらに向かってやって来る。追手が小川を渡る手前で、

「許せ」

と佐内は合掌をすると、火をつけておいた松明を持ち、二人を伴って穴の中へと入って行った。何故皆の最期を見届けられたかというと、追手達は松明を用意している筈がなかったので、佐内は仲間の最期を確認する時間を持つ事が出来た。

佐内達は、洞の中を右に曲がり、左に行き、また右に曲がり、洞の広い所へと出て行った。当然追手達は灯がないので追って来られる訳もなく、ただ引き返して行くばかりであった。二人は佐内に連れられて洞内を順序通りに進み、四番目の横穴から例の抜け穴を通って、無事に逃げ延びる事が出来た。姫達二人は、この時までこの抜け道を知らずにいた。

「爺、これは面白いぞ。皆もはよう来れば良いのに」

などと太郎は言った。

太郎も志乃も、四人が打たれた事を、この時まだ知らされていなかった。

「穴がありまして、明かりもなかったもので」

三人を追った小隊の長が、うつむき加減に天善に言うと、

「ばか者、すぐ松明を持って追え」

凄まじい剣幕でまくし立てる。

三十名を追手として穴に、二十名は宝刀を探すために屋敷内を調べさせた。それは、夜が更けるまで続いた。

「天善様、太刀は見つかりません」

藤次が言うと、

「見つからねば、見つかるまで、庭を掘り返してでも探せ」

「こっぱ侍の首四つ、これだけでは殿に何と言って良いやら、お前達の首もないものと思え」

じゅんさいのような青筋をこめかみに作り、藤次に向かって凄い剣幕である。穴に追手に行った方も帰って来た。穴の中はとても広く、一日や二日で探し出す事はとても不可能だという。

「能無しども、うぬらの首はないものと思え」

今度は、感情を必死に抑えて言うのであった。そして、

「藤次、こっちに来い」

天善は、急に優しい声で藤次を呼ぶと、藤次の肩に手を当て、

「疲れたのう、酒でも飲むか」

と促した。

「へい」

と嬉しそうに藤次が答えると、

「これでもくらえ」

と吸っていたキセルの火を、藤次の頬に押しつけるのであった。

「アチィー」


それから一カ月以上、探索は続いた。一日中穴には見張りを立て、二十人がかりで毎日穴の中も調べた。皆の意見では、幾ら何でも食べる物もなく、一カ月もこんな穴の中で人が生きていく事は不可能だと言い、多分、空穴《カラ》か水穴にでも落ちてとっくに死んでいるだろうと言うのだった。その空穴《カラ》も調べられたが、決して底まで行き着く事はできなかった。

ただその捜索中、空穴《カラ》の途中にある横穴から、とおに死んでミイラ化した死体が一体上がった。まとっている物からして、それは、旅の修業僧の屍であった。

穴は、窪地の入口の他には、人の出られるような所はどこにもなかった。周りの意見をなかなか聞き入れないでいた天善も、捜索を始めて二カ月が過ぎる頃には、三人は穴の中のどこかで死んでいると判断して、しぶしぶながらも捜索を打ち切る事にした。藤次達に後を任せて、兵をたたんでいったん甲州に引き上げて行った。

佐内の話はいったん切れ、薪が燃える音のみの沈黙が続く。佐内はこぶしに力をこめると、十四郎達四人の若者達は、毒など飲まされていなければ、数十人の武田方の追手を相手にしても、あのような遅れを取る事は全く無かったと、佐内は悔しそうに言う。すると、彼の目から一筋の涙が光って落ちた。彼はそれを拭おうともせず、

「天善だけは、必ず討ち取る」

と、力を込めて哲郎を見詰めた。

哲郎も、佐内の話を聞いているうちに、話のつじつまは合っている。しかし、今が天文十九年十二月三十日とは、どうにも信じがたかった。

天善が、兵をまとめて甲州に帰った後も、藤次達、野伏り共は、あの窪地の館に居残り、近辺の里や村を荒し回り、殺戮、略奪、したい放題をした上で、武田の金山に売り飛ばすために若い女性をさらって行くと言う。藤次達は、弱い村人達をいじめ、藤次達の過ぎ去った後に残るものといえば、多くの屍ばかりだと言うのだ。その傍若ぶりは、益々度を越していった。

それを見兼ねて、佐内も藤次達を討とうと試みたけれど、大勢にぶぜい、姫と若君を御守り

する事が精一杯でどうする事も出来ないでいると言う。佐内は、涙でぬれた目に力を込め、

「四人が生きていたら、あやつらを討ち取って、村人達に安心を与えられるのに」

と、また悔しそうに言うのであった。

暫く二人の間に沈黙が続いた。裏の雑木林をゆする風の音が激しく響く。

哲郎も、どう切り出していいやら、ブランデーを口にしながら考えていた。佐内が無言で、また囲炉裏に薪をくべる。今度は屋根を揺さぶるように、雪を伴った強風が吹き抜けていく。と、佐内は話の方向を変え、

「山本様は、何の為にここに来られましたので」

と、哲郎に問いかけてくれた。

哲郎は一口ブランデーを飲むと、

「笑われるかもしれませんが」

と前置きして、哲郎は「穴神」の話を始めた。

志津に話したように、沿線地図の事、刀剣博物館での事、また、この地へ来てからの一部始終も一切合切話した。佐内も哲郎と同様に、不思議そうな顔をして話を聞いていたが、全然話を信じていない訳でもなかった。

「穴神」という言葉には、全く聞き覚えが無いとはっきりと言われた。

「実は、姫様から聞いた事ですが、山本様は手から火を出す術を使えると言っておられたが、本当でござろうか」

哲郎は、黙って胸のポケットから使い捨てのライターを取り出すと、佐内の目の前で火をつけて見せた。

佐内の驚きようは尋常ではなく、

「山本様は、やはり姫様が言っておられた通り、手づま使いでござったか」

と、目を大きくして言うのだった。

哲郎が、ライターを握って炎だけを見せた形になったため、握り締めた手から火が出ているように見えたのだろう。哲郎はライターの火を消すと、手を広げてライターを見せて、これはライターというもので、この中に入っている液体状のガスが燃料だと説明するが、佐内は信じがたい表情で哲郎を見ているだけだった。

哲郎が火のつけ方を教えて、ライターを佐内に渡した。佐内が恐る恐るライターを擦ると、佐内の手に火が灯った。佐内は志乃と同じように手をかざしてみて、手に熱さを感じると、

「これは本当の火でござる」

と言って、哲郎に微笑んだ。

そこで少し話が和んだので、哲郎も今まで話してきた「穴神」が、この地方にどんな形であ

れ、存在するものなのかをもう一度佐内に聞いてみたが、同じように佐内からは、「穴神」という言葉や文字には全く聞き覚えが無いと、はっきりした答えが返ってきた。

哲郎にとって、今日一日は長かった。

ブランデーも手伝ってか、囲炉裏端に横になるとすぐに、哲郎は深い眠りに入っていった。その傍らで佐内は、哲郎からもらい受けた黄色いライターの火を、つけたり消したりして、首をひねっているのであった。

第十二章 † 消えた家路

目を覚ますと雪はやんでいたが、空はまだどんよりと曇っていた。雪は膝たけまでも積もっていて、脇を流れる沢まで行くのも容易ではなかった。

リュックから取り出した洗面用具を使い、沢の水で顔を洗っていると、太郎が後ろに来て哲郎の行動を不思議そうに見ている。歯ブラシ、タオル、電池式の髭剃り器、すべてに首をかしげている。

哲郎が、髭を剃り終わり微笑みかけると、太郎は、

「爺が昨夜戴いた物、儂にもくだされ」

と言うのである。

昨夜戴いた物？　多分ライターだと哲郎は思って、

「ライターですか」

と太郎に尋ねると、

「ライー…山本様そのライーです。火を出す物、あの不思議な物です」

と言って、目を輝かせるのだった。

家に戻ると、朝粥が囲炉裏の自在鉤《かぎ》にかかっていた。佐内と志乃は、正座して哲郎達を待っていた。

哲郎は、用心のために十個程持って来ていた使い捨てのライターを、二個リュックから取り出して、囲炉裏の一方に座った。青い色のを太郎に、赤い色をしたもう一つを志乃に渡した。二人共、にこりとして受け取った。太郎は、嬉しそうにそれをいじっていたが、うまく擦れないので、

「爺、どのようにするのじゃ」

と言い、佐内にそれを渡した。

佐内は、昨夜哲郎に教わった要領で、火をつけて見せた。太郎は手を打って喜ぶと、同じ要領で自分も火をつけてみた。今度はうまくいくと、首をかしげながら、それを何回も繰り返している。

「太郎君、まず朝粥を召し上がってからに」

と佐内に言われ、ライターをしぶしぶたもとの中に納めた。

「山本様、ありがとうございます」

ライターのお礼を哲郎に言うと、ふうふうと朝粥を食べ始めた。志乃も、目で哲郎に礼を言って、同じように粥をすすり始めた。とても素直で、可愛い姉弟だと思った。

哲郎は、昨夜少し酒が過ぎたようで、まだほのかに顔がほてっている。朝粥はとても有り難いと思った。粥をみんながすすっていると、佐内が、

「山本様、今朝御帰りなさると言っておいでだが、この大雪、二、三日日延べして帰られたらどうじゃろう」

と言ってくれる。姉弟の二人も、もう少しいるようにと盛んに言ってくれるが、今日は十二月三十一日の大晦日。どうしても今朝出発する事を三人に話した。そして、桜の頃、きっと再び訪ねる事を約束して、帰るための身支度を始めた。

佐内にお礼を言い、礼金のことを言うと、全く受け付けてくれない。大事な姫君を助けて戴いて、こんなもてなししかできないと、かえって恐縮されてしまった。

哲郎はリュックから、予備に持って来た電池式の懐中電灯、携帯食料用のチョコレート五箱、ブランデー一瓶を取り出すと、お礼のかわりに三人に渡した。懐中電灯の使い方を佐内に教えていると、三人とも不思議そうに首をかしげるのだった。ブランデーは昨夜の通り皆理解して

いたが、チョコレートの一箱から一個を取り出し太郎に渡すと、哲郎も一個取り出し、自分から口の中に入れた。太郎も真似をして口の中にほおばると、ゆっくりと舌で味わってみる。

「これは美味じゃ、姉上とても美味です」

太郎は、ほっぺたと目を丸くして言うのであった。

哲郎は、もう一個取り出すと志乃に渡した。志乃は、このこげ茶色の妙な物を、恐る恐る口に入れた。同じように、少しの間舌で味わうと、歯並びの良い白い歯を見せて微笑んだ。その微笑みの中に、少し恥じらいの意味が込められていたのを、哲郎も佐内も気がつかないでいる。

良く乾いたエンジ色のジャンパーを着て、リュックを肩にかけると、哲郎は三人に丁寧に礼を言った。佐内が、

「山本様は、この辺りは不慣れだと御見受けする、万場の里まで送ってしんぜよう」

と言い出した。

哲郎が遠慮していると、二人もそれがいいと同意して勧めてくれる。哲郎もこの地方へ来てから妙な事が興るので、道案内をしてくれる事は有り難いと思った。そしてもう一度、佐内に「穴神」のことも聞いてみたかった。

哲郎は、遠慮なく送ってもらう事にして家の外に出ると、佐内も支度をして出て来てくれた。やはり佐内の身支度も、脚半足袋、草鞋《わらじ》等、時代劇の姿だった。そして、頬被りした上から笠

をかぶり、なるべく顔を隠すようにしていた。

深雪を踏んで出かけようとした時、志乃が、雪が深いので杖がわりにと、樫の木でできた山伏が持って歩くような六角棒を二本持って来てくれた。哲郎は、外に出て来た太郎と志乃にもう一度お礼を言って、来春また来る事をもう一度告げると、太郎の頭をなでた。そして志乃には握手を求めた。志乃は戸惑ったが、哲郎を真似て手を出すと、哲郎はその手を掴んだ。志乃のほおが白い雪に映えてパッと赤くなったような気がした。


積雪が深いので、神流川沿いの中里まで下りて行くのに二時間以上費やした。その間、人には一度も会わず、佐内達の家が、いかに辺鄙《へんぴ》な所にあるのかが哲郎にもわかった。

神流川に架かる丸木橋まで来ると、橋を取り巻くように人家が点在していたので、ようやく人の気配がしてきた。だが、哲郎がさっきから盛んに探しているバス停の看板はどこにも無く、渡って来た橋でさえ車が通れるか疑問であった。雪で埋もれた道には、自動車のタイヤの跡など全く無く、雪は綺麗に積もったままであった。

哲郎の時計では、もう九時に近い。こんな辺鄙《へんぴ》な所でも、タイヤの跡の二、三本ついていても不思議ではない時間だった。

哲郎は佐内に、自動車の事やバスの事をさっきから何度も尋ねるのだが、佐内からは首を振るだけで、何の返答も得られないでいた。

橋を渡ると、哲郎の持ってきた地図上では、国道四六二号線に出た筈である。右に行けば万場町を経て藤岡市、左へ行くと、県境の峠を越えて長野県の佐久方面へと続く道である。哲郎達は、右に曲がって万場町を目指した。

ポツリポツリと人に会うようになったが、やはり皆、時代劇の出で立ちであった。道幅も狭く、哲郎が六角棒で、雪の底の道をつついてみると、舗装など全くされていない。哲郎は立ち止まり、地図を念入りに見て磁石を当ててみるが、やはり地図上の国道である。道にはタイヤの跡など全く無く、道の端には人々の歩いた跡と、中央には何か荷車のようなものがつけて行った跡が何本か残っているだけであった。もちろん、バス停などはどこにも見当たらない。まさかとは思うのだが、この地方全体が昔に戻ってしまったかのように思われてくるのだった。

もう一度、佐内に年を尋ねてみた。やはり答えは同じで、天文十九年（一五五〇年）なのである。

雪深い道を進めば進む程、不安は募ってくる。道の両脇に大木があって、道が狭くなっていて、自動車が通るのは難しい場所も所々にあり、道は何時までたってもやはり未舗装だった。哲郎も今では、「穴神」の事どころではなく、バス停や自動車を見つける事に夢中になっていた。

中里の橋から二、三キロメートルは進んだろうか。沿道沿いにある家は、その造りといい、それを取り巻く色々な資材といい、金属製品や化学製品を全く見る事が出来なかった。時々擦れ違う人々にもバス停の事を聞いてはみたが、皆、佐内と同じように首をかしげるばかりであった。

時計を見ると、もう十一時を回っていた。

佐内は、さっきから哲郎の行動を見ていたが、

「山本様、貴方様が先程から探しておられる『バス』とやらは、まだ見つかりませんか」

と気の毒そうに聞くのだった。

そう言われて、哲郎ももう一度雪に絵を描いてバスの事を佐内に念入りに尋ねてみるのだが、答えは同じで、

「この辺では全く見た事もないものだ」

と言うのであった。

二人は、あてどもなく万場方面へ歩いて行く。

哲郎が振り返ると、二人の歩いて来た跡が長く雪道に続いていたが、周りの静けさと共に、とても空しく思えた。周りの人家は深く雪に埋もれ、人々の動く気配もまばらに見えるだけだった。時々擦れ違う人々も、うつむき加減で通り過ぎていく。たまに哲郎の出で立ちを見て、立ち止まって不思議そうに見送る人もいるが、哲郎の見るもの全てがなぜか寂しそうに思えるの

だった。

哲郎がそう感じた事を佐内に問うと、佐内は、

「彼奴等《きやつら》がここに居座ってから、村人達は皆不幸になり、楽しい事がなくなってしまった」

と答えた。それは、昨夜の話に出てきた、里や村を荒し回る、悪の集団の事である。今度はその話になると、哲郎の方が戸惑ってしまう。今の世の中、殺戮、略奪をしたいがままなどという事は、警察が許しておく筈がなかったからである。哲郎は、そのことを佐内に説明しても多分難しいだろうと思うと、自然に二人の会話は途切れてしまい、また黙々と万場方面へ下りて行くのであった。

幾つかの集落を過ぎ、神流川の流れを右手に見ながら二人は下りて行く。早くも陽は傾き、哲郎達が行く谷間を、大きく山々の影が包んでいった。

「山本様、ここからが万場の宿です」

中里の橋から、十キロメートルも下りて来ただろうか、佐内が古びた宿屋の前で言った。西に傾いた太陽も、もう山の稜線にかかろうとしていた。その太陽の光も、西方から湧き上がってきた雪雲で見え隠れしていた。

時計を見ると、三時を過ぎていた。周囲の物悲しい情景は、益々哲郎を心細くしていた。

「目的の物が見つかりませんな。また今夜も雪かもしれませぬ」

佐内は、西の空を見上げて言うのであった。

道すがら、牛車や馬車の荷車は何度か哲郎達の横を過ぎて行ったが、自動車やバスなどは皆無であった。それでも哲郎は、万場町まで行けば何かしらあるのではないかと、かすかな希望を持ってここまで来たが、町並みには人影もまばらに、古ぼけた提灯が風に揺られているだけで、時代劇に出てくる宿場町のようであった。

哲郎が、まだ諦め切れないでいると、佐内が町並みの一軒に入って行った。それには、「めし屋」の提灯がぶら下がっていた。朝からバス停の事だけを考えて歩き詰めで来たので、食事らしいものを取っていなかった。そう思うと、急に寒くなり、腹が減ってきた。

佐内に勧められて、めし屋の中に入ると、土間に粗末なテーブルが三脚置かれていた。哲郎達の他に客は無かった。佐内が奥に声をかけると、でっぷりと太った人の良さそうな女が出て来た。佐内が女に注文をすると、女は頭を下げて奥へ引っ込んで行った。

「山本様、今日は駄目でございますな。もう陽も暮れますし、次の宿場まではとても無理でございます」

佐内は言うと続けて、

「山本様には申し訳ございませんが、次の宿場まで行けども、貴方様の御目当ての物は、見つからぬような気がいたします」

気の毒そうにだが、はっきりと哲郎の目を見て言うのである。

女が茶を持って来た。哲郎は、佐内に一応目配せをしてから、女にバス停の事を聞いてみる。答えは同じで、首をかしげるだけであった。

暫くすると、暖かいうどんが運ばれてきた。これといった暖も無いめし屋の中で暫く座っていたせいか、それはとても有り難かった。二人は黙ってうどんをすすった。食べ終わって考え込んでいる哲郎を見て、佐内が口を切った。

「山本様、今日の所は帰りましょう。峠を越えて信州に出る道もありますので、明日はそちらの方を案内いたしましょう」

哲郎の気持ちを察してか、佐内は出来るだけ明るく話してくれるのだった。

「でも今日は、一九九九年十二月三十一日の大晦日。明日は、記念すべき二〇〇〇年です。家では皆が私の帰りを待っていますから」

哲郎は否定するのだが、この現状をどうする事もできないでいる。二人がそんなやり取りをしていると、どこかしら町並みの提灯にも明かりが灯され始める。哲郎は、帰るのを諦めざるを得ない現状を、何度も自分に言い聞かせると、二人はほの暗い雪道を、元来た方へと帰って行くのであった。

ここ数日の出来事と、今日家に帰れない現状とで、引き返していく足取りは重かった。だが、かたわらの佐内は、終始哲郎の気持ちを察してか、明るく話しかけてくれる。哲郎も気を取り直すと、少し早足で歩いてみせた。吐く息が白く、厳しい寒さを物語っていた。

第十三章　†　化け物の舞

此処は、中里の宿から二里程万場方面へ下った神流川にかかる橋の袂である。

橋は本道から右に逸れ、川向こうにある村落の入口にもなっていた。

馬に跨がった数騎が、円陣を組んで何やら話をしている。全員がうなずくと、その中の芦毛の一頭が橋の上に進み出た。その時北風が舞うと、雲の割れ目から月明かりがそれを照らした。

芦毛に跨がるそれは、人間ではなく化け物、物の怪の類いであった。

振り乱した金色に輝く髪は、朱色の顔を深く覆い、耳まで裂けた口を一層不気味にしている。

その化け物は、沈黙したまま佩《は》っていた太刀を抜き放つと、切先を村落の方へ向けた。後の数騎がそれに続く。それらもまた、青い顔であったり、朱い顔であったり、人間とは程遠い者達であった。太刀、槍《やり》、大鎌、まちまちに手にした得物が、月明かりに鈍く光っている。月明かりの中の、たとえようのない不気味なこの集団は、声も立てずに村落の方へと消えて行った。

この杉山村は、山間の狭地を利用した畑が少しあるだけで、林業を生業《なりわい》としていた。
二、三十戸の集落のほぼ中央の山を背にした一戸が村長《おさ》の家であった。その夜は、毎年行われている一年の仕事納めの業が、この家で行われていた。山の神々に対する一年の感謝の念を村人達が祈り、新しくやって来る年を祝うのである。
村長の家の中庭で焚き火を囲み、老若男女の村人達が酒を酌み交わし、互いに一年の労をねぎらっている。その中を、妻のいねが夫の茂平を探していた。茂平は、酒が入るとすぐにぐずぐずになり、周りの者達に迷惑をかけるので、いねは夫を見つけて早々に家に帰るつもりでいた。村長の家の裏門まで来ると、案の定、茂平が壁にもたれて崩れている姿をいねは見つけた。

「うちのバカは、こんな所で寝ちまっているよ。こんな所で寝ていちゃあこごえ死んじまうに」

一人言を言いながら近寄って茂平の肩を突いた。それ程強く突いたつもりはなかったが、やけに茂平の首が下に下がった。首は下がったのではなく、ゴム毬のように雪の上を転がり、いねの足元で止まった。

「ヒエー」

いねの絶叫が、長《おさ》の家中に響き渡ったのと同時に、不気味な騎馬集団が村人達を襲った。逃げ惑う村人達を槍で突き殺す。太刀で首をはねる。瞬く間に長の家は鮮血によって、朱に染まっていく。狂ったように逃げ惑う村人達の表情とは裏腹に、騎馬の群れは声も発せず、無表情のままで殺戮を繰り返していく。それは、それを見た者全てに恐怖を与え、人間の生業ではない事を感じさせるのであった。

とっぷり暮れてしまった夜道を、哲郎と佐内は雲の合間を見え隠れしている月明かりを頼りに、二時間も歩いて来た。左側に橋があり、道幅が広くなった所で一休みすることにした。早足で歩いて来たせいか、寒さはあまり感じなかった。

哲郎は胸のポケットからタバコを取り出すと、ライターで火をつけた。佐内にも勧めたが、佐内は首を横に振って断った。

「山本様。あなた様の持ち物全てが不思議な物ばかりで、いちいちお話を聞く訳にもいかず見ておりましたが、さぞ遠い国から来られたのでしょう」

佐内は雲の割れ目から顔を出している月を見て言った。

哲郎も同じように月を見上げて、

「そうかもしれない」

と他人事のように答えた。

すると、風の音の中に、微かに人の声が混ざっていた。その声が佐内にも聞こえたのか、

「川向こうの村で、年越しの祝をしているのだろう」

と哲郎に教えた。

二人は、川向こうにある部落の方を暫く眺めていた。遠くほのかに明かりが漏れていて、それが周りの山々の雪明かりに反射していた。

するとまた、声が聞こえた。酒が入り皆楽しく祝っているのだろうと二人は思って、遠くの明かりを眺めていると、その明かりが俄かに光を増したように思えた。すると、その中心あたりから、火柱が立ち上がるのが見えた。

「人家が燃えている」

二人は橋を渡ると、村落の方へと駆けて行った。二人が村落の入口から山の方へと登って行くと、ちょうど村の中央あたりの大きな屋敷から火の手が上がっている。その家から村人達が、

「化け物が出た」

と喚きながら狂ったように飛び出してくる。何人かの村人が、二人の脇を川の方へと転げながら逃げて行った。

紅蓮の炎の中からまた、人影が外へと転げ出る。立ち上がって逃げようとする所を、背後から駆け寄った栗毛馬に乗った化け物が、太刀を横に一振りすると、逃げる男の首が飛んだ。首を失った体は何歩か歩いて、前向きに雪の中へ倒れて行く。真白い雪に鮮血が赤い花火の模様

を描いた。

その化け物は、哲郎の知る限りでは、口を横に曲げたひょっとこの顔をしていた。紅蓮の炎を背景にしたその殺戮は、哲郎から幾らも離れていない所で行われている。

哲郎は初め、映画でも見ているような気持ちでいたが、佐内の、

「彼奴等め、惨い事をしおって」

という腹の底から絞り出すような声を聞くと、夢でも幻でもない事を悟った。

二人は咄嗟に民家の生け垣に隠れると、そこには、容赦ない殺戮と掠奪が繰り広げられている。

「能面など着けおって。村人達は、化け物と思って逃げ回っている。金吾達、若い者が生きておればこんな事を許してはおかぬものを」

佐内は、体を震わせて哲郎に言うのであった。

それはひどいもので、人間の首や腕、体の一部が男女の区別なく、そこら中に転がり落ちていて、それらはなんだか人形のような気さえした。

こんな事が許されて良い筈が無いのだが、哲郎の所にも漂ってくる凄惨な血の匂いが、現実である事を証明していた。

「お助け下さい」

村長《おさ》は祈るように言う。

鬼神面は、容赦なく無言で太刀を横に一閃する。村長の祈っていた両手の指が、親指を残して全て飛び散った。次の一撃で首が宙に舞った。羆《しかみ》、飛出《とびで》、べしみなどの鬼神面達に取り囲まれて、恐怖の中にいた女房や娘達は、その瞬間皆気を失って床に崩れ落ちた。

「ババアはいらぬわ」

飛出が女房を突き殺すと、各自一人ずつ娘達を抱えて裏にある蔵の方へと出て行った。

蔵の中では、おかめ、山姥《やまんば》、ひょっとこが金目の物を次々と持ち出していた。

「引き上げだ」

羆面が声を落として低く言うと、四騎は早々に走り去って行く。風の如く一騎が女を抱えて橋の方へと走り去って行く。続いてまた一騎、また一騎。皆、女を小脇に抱えていた。

四騎が、哲郎達二人の目の前を通り過ぎて行くと、村長の家は火の燃え盛る音だけを残して静かになった。佐内は何度も飛び出そうとしたが、哲郎が佐内の腕を掴み、目で佐内を止めた。

哲郎とて助けに出たかったが、六角棒では勝ち目はなかった。

二人が生け垣から立ち上がろうとした時、二騎が連なって駆け下りて来た。二人はさっと生け垣に身を寄せた。今度は両脇に荷を付けており、女は連れていなかった。

それらが過ぎ去るのを待って、二人は道に出ると、まだ燃えあがっている村長の家の方へと走って行った。門の周りに切り刻まれた死体があちこちに転がっていた。血が抜けきった青白い顔や体は、やはり哲郎にはろう人形のように見えた。そして、これらは人間ではなく、人形であってほしかった。

今は何時で、此処は何処で、此れは何なのだ。そんな事を考えながら死体の中をさまよっていると、

「きゃー」

と裏手の方で女の悲鳴が上がった。二人は裏手に駆けつけると、蔵の中から女が飛び出して来た。それを佐内が抱き止めると、女は今までの恐怖のためか、佐内の胸の中に崩れ落ちた。

女を追って蔵から出て来たのは、ひょっとこの面を着けた化け物であった。ひょっとこは二人を見ると、すかさず腰の太刀を抜き払い、女を抱いている佐内に切って掛かった。佐内は女を庇《かば》いながら身を半転させて、辛うじて難を逃れた。

ひょっとこが次の攻撃を仕掛ける前に、哲郎は二人を守る形で中に割って入った。佐内達二人を後ろに置き、六角棒を上段に構えて、ひょっとこ面との間合を取った。

相手は、三尺近い真剣を持っている。

これは剣道ではない。

相手の太刀が、哲郎の体の何処かに触れれば、それは必ず哲郎の体をえぐる。哲郎は相手の攻撃を躱して、一撃で勝負しなければならないと思った。

自分の持っている六角棒は、六尺近くはある。相手の真剣は柄を入れて四尺弱。哲郎は半歩後ろへ下がった。左腕でいっぱいに上段に構えた六角棒を持ち、右腕でそれを支える。上段は崩さず左へ左へと移動する。佐内が心配そうに見ているが、哲郎は全くたじろがない。ひょっとこ面が真剣を右肩越しに構えて、半歩前へにじり寄る。哲郎はあわてずにまた半歩後ろへ間合を取る。二人が向き合っている間に緊迫した空気が走る。互いに一瞬の隙も与えてはならなかった。

月光が雲間から覗いたその瞬間、哲郎が前へ出るとみて、ひょっとこ面が打って出た。哲郎は後ろに飛び退いてその一撃を躱すと同時に、六角棒を上段から添えていた右腕を離し、左腕一本で打ち下ろした。六角棒は、みごとにひょっとこ面を砕いた。ひょっとこ面を着けていた男は片膝つくと、眉間に手を当てた。鮮血が額から流れ落ち、その手をすぐに朱に染めた。男の顔には口が耳まで裂けるような大きな傷があり、大きく見開かれた目は真赤に充血していた。

男はゆっくり立ち上がると、ふらつく足どりで馬に跨がった。暫く哲郎の顔をじっと見ていたが、したたり落ちる血を手で拭うと、仲間の待つ橋の方へとくるわを変えると馬の横腹を一蹴した。

橋の袂では、

「ひょっとこの奴、ばかに遅い」

おかめ面が呟く。すると山姥面が、

「まだ足らずに女でもあさっているのよ」

と言った。

静まりかえった闇の中からさっきの村の村人らしい男が一人現れた。男は鬚面の近くまで行くと、何やら話をしている。鬚面が、

「今夜の手引き、御苦労」

と言うと、金子《きんす》を男に渡した。男は、ずる賢く笑って受け取る。同時に、「ぶん」と飛出《とびで》面の太刀が闇の中を一閃する。男の首が胴体からもげ落ちた。男の名は掘吉《ホリ》と言った。

「汚ねえ奴よ、仲間を売りやがって」

鬚面は吐き捨てるように言う。続けて、

「ひょっとこの事だ、後から来るだろう。今夜も上々、引き上げるぞ」

月明かりの中を六騎は、例の窪地へと雪けむりをあげて消えて行った。

残された掘吉の首は、月明かりに目を開けたまま、にんまりと笑っているように見えた。

「山本様。おみごとでござった」

佐内は、ほんの少しでも化け物どもに反撃が出来た事を大いに喜んでいた。

助けた女は、村長《おさ》の五人姉妹の二女であった。恐怖のあまり、未だに口を開けない。三人は、焼け落ちる村長の家を後にして、川のこちら側の細い道を用心深く中里方面へと帰って行った。それは、ひょっとこ面の男と一緒に彼奴等が引き返してくる可能性があったからだ。

しかし道中何事もなく、二時間程で中里まで着いた。三人は一軒の旅籠の裏口に回るとその旅籠の戸をたたいた。中から一人の中年の男が顔を出した。それは佐内の話に出てきて、いつも佐内達を助けてくれた吉兵衛であった。

吉兵衛は佐内を見ると、すぐにかい棒を解き、三人を中に入れた。そしてせわしく囲炉裏に火を入れると、何本かの薪を放り込んで暖を作ってくれた。

四人が囲炉裏に着くと、吉兵衛は哲郎の出で立ちを少しの間見入っていたが、佐内が今夜の出来事を話し始めると、吉兵衛はその話に耳を傾けて聞いた。

その話を聞き終えると悲痛な顔で、

「彼奴等が居る限り、この地方は死んだも同然」

と肩を落として言うのであった。

吉兵衛も、佐内達を助けたために、彼奴等から幾度もの仕打ちを受けた。だが吉兵衛には金があったので大金をむしり取られたが、命だけは辛うじて助かった。しかし、宿の使用人は皆恐れて逃げてしまうと、今では宿も閉めてしまい、女房のお綱と二人きりで細々と暮らしていた。

その女房のお綱が、酒を熱くして運んで来てくれた。もう十時に近かった。

哲郎は、遠慮なく盃を重ねた。冷えきった体の中を、酒が染みながら胃に下りていくのがわかる。暫くして体が暖まった頃、佐内がまた話を始めた。

「吉兵衛にはいつも迷惑をかける」

佐内は吉兵衛に礼を言ってから続けた。

「彼奴等があそこに巣くってからいい事はないが、今夜は一ついい事がありました」

目を細めて言うと、吉兵衛は酒を一口飲んで、

「この幾月かで、どれだけの村落が襲われた事か、今は多くの人を殺せば出世出来ると言う戦国の時。ましてや取り締まってくれる人など全くない。金吾様達も皆死んでしまい、頼りになる人は佐内様位。こんな時に、良い事などありますのか」

そう聞くのであった。すると佐内は哲郎を見て、

「この山本様は強い。今夜我々を彼奴等から救ってくれました」

そう言って、ひょっとこ面を叩き割った事の一部始終を、吉兵衛に話すのだった。

さっきから口も開けないでいた村長の二女も、頭を縦に振って佐内の話に頷いていた。

その話を聞き終わると、吉兵衛は佐内に頷いてから、哲郎の方へ向き直った。そして姿勢を正して深く頭を下げると、

「山本様。我々に力を貸して下さいませ。彼奴等鬼達をこの世から成敗して下さいませ」

突然、そう頼まれる。

すると傍らで肩を落としていた村長《おさ》の娘も、

「姉さまや妹達を助けて下さいませ」

か細い声だが、体を震わせて頼むのであった。佐内も続けて、

「私も命を捨てて戦いまする。これは命をかけての戦いでござるに、姫君を助けてもらった上、虫の良い話とお思いになりましょうが、この地には侍などは無く、皆、か弱い村人達だけで暮らしておりまする。彼奴等と戦える者といえば、貴方様の他にはおりませぬ」

そう頭を下げて頼むと、金吾達の無念を思ったのであろう。佐内の目から涙が零れた。

突然の依頼だった。勿論哲郎としては力になりたかったが、まだ心の中では、明日は練馬に帰れるのではないかと思う気持ちを捨てきれないでいた。

少しの間沈黙が続いた。各自まちまちな感情を胸に、囲炉裏の炎を見ていた。そこへまた、女房のお綱が酒を運んで来てくれた。

「まああ皆様。もっと元気になさいませ」

本来根が明るい性格なお綱は、そう言って酒を注いで廻った。

「今夜も、何人もの村人達が殺されたのだ。そんな呑気な事を言っていられるか」

吉兵衛は強く言うと、村長の娘の方を見た。それを聞いた娘は、肩を大きく揺すって泣き出した。それを見とってお綱は、宥《なだ》めながら奥の部屋へと連れて行った。暫くすると泣き声は消えた。

三人は、黙って酒を酌み交した。

谷を渡って行く風が、ヒューヒューと笛を吹く。その音が哲郎には、さっき殺された村人達の嘆きのような気がした。

哲郎は、ここ数日の出来事を心の中でもう一度繰り返していた。「穴神」を追って神代の世界に迷い込んだ気がするのだった。

それは、強い者が弱い者を食らう弱肉強食の世界。自然の動物達が営んでいる事を人間達が行っている。そして、それはまた、ごく自然な生き物達の営みなのかもしれないと哲郎は思った。

それにしても、あの化け物達はひどすぎる。必要の無い獲物まで殺し、食い散らして行く。それは決して生かしてはおけない悪だと言う事を哲郎も承知していた。

哲郎はまた、多くの殺戮を見て来た後なので、もう自分はこの世の者ではないのかもしれないとも思った。だがもう一日、自分自身に帰るチャンスを与えたかった。県境方面へ抜ける道をもう一度調べてみたかった。

「一日待って下さい。一日時間を下さい」

叫ぶように二人に言うと、ぐっと酒を飲み干した。二人とも同じように酒を飲み干すと、深く頷いていた。

吉兵衛に村長の娘を頼んで二人が戸外へ出ると、佐内の予想通り、西側の空は低く垂れ込み、もう月や星の影は見られなかった。

雪明かりを頼りに志乃達の待つ山の家まで帰り着いた時、哲郎が時計を見ると、ちょうど十二時。すなわち西暦二〇〇〇年を指していた。除夜の鐘も、人々のつくり出すざわめきも一切ない。何かに祈りたい気持ちで哲郎が戸外に立ち尽くしていると、志乃が家から出て来て哲郎の脇にやって来た。

「山本様、とても心配いたしました。よくぞ御無事に帰って来て下さいました」

そう優しく囁いた。哲郎が志乃を見詰めると、志乃は嬉しそうに微笑んで、

「ささやかな新年のお祝いをいたしましょう」

と言って哲郎の手を引いた。柔らかく暖かい志乃の温もりが、そこにはあった。それは今夜見

てきた悪の人間世界から、善の人間世界へと引き戻されたように思えて、哲郎はほっとした。

二人が家の中に入ると、風がヒューヒューと死人の声に似せて泣いた。その風に煽られて木の葉が高々と舞い上がると、それはまるで化け物が舞っているように不気味な格好をしてみせた。

第十四章 † 宝刀・安綱

やはり、哲郎の期待は裏切られた。

埼玉県境の道にも、長野県境の道にも、バス停などは全く見当たらず、どこへ行っても自動車などに犯されていない白く雪に埋もれた美しく淋しい道が、遠々と続くばかりであった。

陽が落ちる頃、哲郎は諦めて佐内と山の隠れ家まで帰って来ると、一人の来客が二人の帰りを待ち受けていた。それは宿の主、吉兵衛であった。

三人は囲炉裏を囲むと、昨夜のお礼に哲郎は、リュックからブランデーを取り出し、吉兵衛に勧めた。吉兵衛は、哲郎に言われるままにその茶色の液体を口に当てた。すると、皆と同じように、

「これは良い香りがいたします」

と言って一口飲んだ。

「うわっ」

やはり最初は少しむせたが、佐内と一緒に笑いながら飲み始めた。

「山本様は、不思議な事ができるし、色々と不思議な物を持っておられると志乃姫様から聞かされておりましたが、本当にこれは不思議な飲み物でございまするな」

嬉しそうに言うとまた、一口付けるのだった。

哲郎は、何の目的で吉兵衛が来ているのかわかっていた。

三人は、少しの間黙ってブランデーを飲んでいた。その間哲郎は、自分がこの世界に住まねばならぬ事を決心していた。住むからには、あの化け物達を放っておく訳にはいかない。

吉兵衛が何か言い出しそうになった時、哲郎はそれを制しておいて、ブランデーを一気に飲み干すと、

「鬼退治、私にも手伝わせて下さい」

哲郎は、命を懸けて力強く言い放った。

その哲郎の決意に二人共深々と頭を下げると、哲郎と同じようにブランデーを一気に飲み干した。

それを奥の部屋で聞いていたのか、太郎と志乃が飛び出して来ると、

「爺、我わも手伝うぞ」

と勇ましく言うのであった。

佐内の目から大粒の涙が零れ落ちる。吉兵衛は声を出して泣き始める。二人を見ている哲郎の目からも、自然に涙が溢れてくる。

志乃の目からも涙が頬を伝わって落ちた。

「目出度いのに、皆何故泣くのじゃ」

太郎が大きな声で言うと、皆泣きながら声を出して笑った。


作戦会議は夜中まで続いた。

吉兵衛の話によると、襲われた村落の村人の中には、妻子を殺され、家を焼かれ、身を捨ててでも奴等に復讐したいと思っている者も少なくないと言う。ただ、それは各自が思っている事で、それらをまとめて動かす指導者がいなかった。皆が今まで行動に出られなかったのは、そういう理由があったからだとも言う。

早速吉兵衛は、そのような村人達に決起を促し、食料や武器の調達に動き回ると言う。

また、吉兵衛の情報によると、今度女達を引き取りに天善が四、五人の供を連れて甲州からやって来るのは一月の十日だと言う。天善は、そういう時はいつも吉兵衛を脅し、只《ただ》で酒や肴を窪地の家敷に運ばせて其らを喰らうと、金山に売られて行く女達を犯し、明け方まで騒ぎ回るのだと言う。その時が彼奴等を打つのには絶好の機会だとも言った。

佐内は、大きく頷いて聞き終わると、「穴」を利用する計画を二人に告げた。まさか彼奴等も、穴に抜け穴があろうとは知らないでいる。そこを利用して悪党どもを打ち取ろうと言うのである。

勿論二人共賛成し、三人は夜を徹して討伐計画を練っていく。夜も明ける頃になると、大体の計画は完了した。

討伐の日時は、天善達がやって来る一月十日の夜と決まった。

決行の日まで十日。吉兵衛は早速自分の分担を実行に移すと言うと、白んで来た渓谷の細道を、中里の方へと下りて行った。その足取りは、深雪の中にも拘わらず、とても力強かった。

哲郎と佐内が、吉兵衛の後姿を見送ると、佐内が哲郎に手招きをした。哲郎が佐内の所まで行くと、

「この事は、若君様や姫君様とも相談した上の事」

と一人言のように言うと、

「山本様。私の後をついて来て下され」

と言い、小屋の裏手から雑木林の中へと入って行った。哲郎も、佐内がつけて行く雪の中の足

跡を追って入って行った。半時も雪の雑木林の中を登って行くと、石灰質で出来ている岩山の裾に出た。佐内は、その裾に沿って今度は下って行く。暫く行くと、二人は大きな岩が何カ所か張り出している所に着いた。

三つ目のその岩と岩との割れ目に佐内が入ると、突然佐内の姿が消えてしまった。後から追っていた哲郎は、佐内は次の割れ目に居るのかと思い急いで覗いてみたが、佐内の姿はなかった。雪についた足跡も、一つ手前の割れ目の所で消えていた。

哲郎は、その辺を行ったり来たりしたが、佐内の姿は何処にもなかった。もしかしてと思って、佐内の消えた岩の割れ目に戻って割れ目の奥を調べようとした時、佐内の顔がその暗闇から覗いた。

「やはり」

哲郎が短く言うと
「今度は、わかりましたかな」

佐内が少し笑いながら言った。

「山本様が志乃姫様と通って来られた抜け穴と同じ仕組みで、ここに落ち延びた時に用心のために若い者達と一緒に作っておいた秘密の隠れ穴でございます。これがなかったら天善達の探索の時、もうとっくに私達も捕われていたでしょう」

そう言うと佐内は、哲郎を先にしてその中に案内した。中にはもう松明《たいまつ》の火が焚かれていて、隅々まで良く見る事ができた。その岩穴は十坪位はあろうか、そこには水がめや飯を炊く小さなかまどなど、最小限度人が生活できる物が揃っていた。天井の岩の端には小さな割れ目があり、外の光が少しだが射し込んでいた。この地方には、このような岩穴が沢山あり、佐内達が追手の目を晦《くら》ますのには大変都合が良かったと言う。

内側から入口の岩戸を閉めてしまえば全くわからなくなってしまうと哲郎も思った。

「ここは、吉兵衛さえも知りません」

そう言うと、佐内は中央に石を積んで作ってあった囲炉裏に杉の枯れ枝を入れると、懐から哲郎に貰ったライターを取り出し、哲郎に微笑んでおいて、それに火をつけた。乾いていた杉の小枝は、「パチパチ」と音をたてて勢い良く燃え上がった。後から放り込まれた薪に、火が燃え移るまでそう時間はかからなかった。

二人は、石の囲炉裏の周りに転がされていた丸太の椅子に座ると、燃え盛る炎を見ながら、佐内がとても重大な事とみえて、

「この事は、太郎君様も志乃姫様も御承知の上の事」

また、同じような事を言って念を押してから話を始めた。

もうそろそろ四年になりますか、あれは、

「天文十六年の春でございます。その五年前の天文十一年、信濃の国諏訪郡上原《かみのはら》城城主・諏訪頼重《よりしげ》を甲府の館に招いて惨殺した武田晴信は、諏訪氏を滅ぼしました。武田晴信は、その勢いに乗って、天文十六年の春、村上義清の属城、我らが志賀城を囲み、大群をもって日夜攻め込んでまいりました。我が殿、笠原清繁、村上氏の援軍を待ちつつ、この天嶮《てんけん》の山城で勇戦し、全く互格に戦っておりました。殿は敵の使者が再三もたらす村上氏の援軍破れたりの報も一切聞かず、降伏もせず、固く籠城を守って同盟関係にあった村上義清に忠誠を尽くしました。いよいよもって落ちない志賀城を、武田方は食や水の道を遮断して、我々を兵糧《ひょうろう》攻めにしてきました。いつまでたっても村上氏の援軍はなく、孤立してしまった志賀城は、食べる物も底を突いていました。そんなある夜、私は殿に呼び出され、『おまえには、太郎と志乃の守役として、生まれた時より二人の面倒をみてもらってきた。兵糧さえあれば、まだまだこの笠原清繁、武田の小倅《こせがれ》如きに打たれる手は見せぬものを、腹が減っては戦はできぬの例えでな、もってあと二、三日、佐内、もうこれまでじゃ。二人を連れて落ち延びてくれ』そう申されると、一振りの太刀を私めに預けられました。私は涙に噎《むせ》びながら、その一振りをお受けしますと、『これは、我一族に伝わる宝刀安綱じゃ。何かの役に立つやもしれぬ。もう儂には無用の物。二人と一緒に持ってまいれ。ぐずぐずしている暇はない。四、五人若い者を伴って、今夜のうちに出立いたせ。そちには世話になったな、さらばじゃ』そう申されると、また櫓《やぐら》の方へと登って行かれました。これが殿との最後であります」

そう言って、悲しそうに肩を落とした。

「それからは前に話したとおり、我々は志賀城を厳重に囲んだ武田方の包囲から、命からがら脱出すると、武田方板垣信方の執拗な追手を振り切ってここまで逃げ延びて来たのです」

佐内はそこまで話すと、また薪を火の中に投げ入れる。パッと紅蓮の火柱が上がった。

「それから三日後に、殿が城と共に壮絶な死を遂げられた事を知らされました。それは勇敢に戦われ、敵の武田方の将兵達も、『その戦いぶりは末代までも語り継がれよう』と言って称賛したと言う事でした」

佐内の話は続いた。哲郎も、今ではもうその話を信じざるを得なかった。そうすると、今日は天文二十年一月二日と言う事になるのだった。

哲郎がそんな事を考えていると、佐内が、岩穴の一角に積んであった薪を崩し始めた。哲郎も黙ってその作業を手伝っていると、ちょうど腰の高さ位の所まで崩した時、佐内の手が止まった。幅が一間程あろうか、鉄鋲の打たれた黒い頑丈そうな葛籠《つづら》が、薪の中に隠されてあった。

佐内に促され、二人が左右に別れると、各自片方を持ってその葛籠《つづら》を薪の中から引きずり出した。それはとても重かった。

葛籠を挟んで二人は向かい合って座ると、佐内が大きな鍵を懐から出して、葛籠の鍵穴に差

し込み、それを捻った。鈍い音がすると、大きな葛籠の蓋が少し動いた。佐内はその作業を終え、また哲郎と向かい合うと、

「この葛籠は落城の折り、亡き殿の御命令により、太郎君様、志乃姫様と共に城より持ち出され、多くの追手を振り切り、我らが大事にしてここまで持ってまいり、隠しておいた品々でございます」

と神妙な面持ちで哲郎に言った。

「山本様のお供で万場の宿まで下り、悪党共の殺戮を目の当たりにし、村長《おさ》の娘を吉兵衛に渡して帰って来たあの夜、貴方様はお疲れのご様子で、すぐに床に就かれました。私は、我々の無事を心配して待っておられた若君様と姫君様に、あの日起こった事の一部始終を話して聞かせました。特に貴方様が、ひょっとこ面を叩き割った話は、太郎君様も志乃姫様も、瞬きもせずに聞いておられました。太郎君様は大きく頷くと、『山本様はそんなに強いのか』と満足そうに言われ、『儂は、初めて会った時からあの御方が好きであった』と申されました。そして吉兵衛の宿で話した、悪党共の討伐の件を話しました。すると太郎君は、『我々がここに逃がれて来た時、吉兵衛や村人達は我々を匿《かくま》い、優しくしてくれた。その事で吉兵衛夫婦は、天善達に、毎日酷いめに遭い、体もあのように傷だらけになってしまった。だが吉兵衛は一言もその事で愚痴を言った事はない。儂も何時かそれに報いる事をしたいと思っていた。そして、金吾達四人

の恨みも晴らすため、儂も命を捨てて悪党共を成敗いたす』と凛としてそう申されました。志乃姫様も、『儂も太郎に賛成じゃ』ときっぱりそう申されました。『爺、落城の折に亡き父上から授かった品々、この討伐のために使おう』と若君様から申されましたが、『あれは、若君様が世に出る時のために取っておかなければならない品々。別の物を吉兵衛達が調達してくれます』そう私が答えると、『爺、バカを申すな。儂は人々を助けるために命をかける。死んで持って行ける物でもなし、そんな呑気な事を言っている時ではない』と逆に怒られてしまいました。志乃姫様も、『太郎に賛成じゃ』と、前より大きな声で申されました。私は、若いお二人の決心に深々と頭を下げました。守役として育ててきたお二人が、正しい立派な人間になっておられた事が嬉しくて、つい涙が零れてしまいました。すると志乃姫様が、『山本様は私の命の恩人。私も太郎と同じじゃ。あの方は良い御方だと信ずる』とぽつりと申されました。『そして、もし山本様がこの討伐に力を貸して下される時は、其れらの品々を使って頂こう』という事になりました。この中には、若君様と姫君様、そして私、それにもう一振りの太刀が具足と共に入っております」

そう言うと、佐内はその大きな葛籠の重い蓋を開けた。その中から、家紋が縫い込まれてある錦《にしき》の長い袋を四本と、毬のような丸い袋を二つ取り出すと、脇に置き、

「後は戦いの時でよろしかろう」

と一人言を言うと、またその重い葛籠の蓋を閉めて厳重に鍵をかけた。哲郎は、また佐内に言われるままに葛籠を元の薪の中に隠し、薪を元の高さまで積み上げた。

その作業を終えて二人は、丸太に腰を掛けて少し休んだ。囲炉裏の中の火が弱火になって、煙が天井の岩を伝わり、岩の狭い割れ目から出て行くのがわかった。

暫くして佐内が立ち上がり、囲炉裏の火を消し、

「お手伝い下され」

と言って四つある長い錦の袋の二つを哲郎に渡した。そして丸い袋を二つ、

「これは砂金でござる」

と言って懐に入れた。

二人が小屋に戻って暫くすると、哲郎は奥の部屋に呼ばれた。板張りだけのその部屋は小さな高窓が一カ所あるだけで、もう大分陽も上がっているにも拘わらず薄暗かった。

太郎を中にして三人がきちんと正座して哲郎を迎えた。その両脇で、ろうそくの火がゆれていた。哲郎も、太郎の正面に同じように正座すると、何か儀式でもするかのように思えた。太郎の右手に座っていた佐内の脇には、さっきの四つの長い錦の袋が置かれていた。佐内は、その中の一番長い袋を取り上げると、それに深々と一礼して、中の物を取り出した。太刀であった。柄に巻かれた紐、鍔、腰に着ける紐や金具、鞘、全てが黒作りで、薄暗い光の中で怪しげ

に輝いていた。佐内は、またその太刀に一礼すると、今度はゆっくりと、抜き放った。刃渡り三尺近くあろうか、鎬《しのぎ》造り庵棟の腰反り高く踏張りのある優雅な太刀がそこに現われた。

その太刀の説明を佐内がする。

「今から溯る事約六百年、平安時代伯耆の国の安綱という名工により鍛えられた名刀でございます。鍛は地金板目にして地景が交わり、沸が厚く、沸映りが乱れ立ち、沸出来の小乱の刀には足入り丁子ごころの刃紋が交わり、沸深く金筋砂流があり、刃区から七、八分の所で焼落しになっております。切先《きっさき》の帽子は小丸で、この太刀をより優雅なものにしております」

淀みなくそう言うと、佐内はその太刀を哲郎に手渡した。哲郎も剣道で刃を潰した居合刀などは手にした事はあるが、真剣を手にするのは初めてだった。

月形に湾曲したその姿は、否の打ち所がなく、地金はあくまでも黒く深々と落ち着いており、白く輝く刃紋はくっきりと冴え渡っている。それは充分な威厳をも放っていた。

真剣という物を始めて手にした哲郎でさえも、この太刀は名刀中の名刀だと思った。

ぎこちないが丁寧に安綱を佐内に返すと、

「大変すばらしい物を見せて頂きました」

と言って太郎に頭を下げた。

すると太郎は立ち上がり、鞘《さや》に納まったその安綱の太刀を佐内から受け取り、哲郎の目の高さ

の所に持って来ると、

「この太刀を使って下され。これでもって悪党共を成敗して下され」

と、凛とした通る声で言った。

「これは伝家の宝刀でしょう」

そう言って哲郎が戸惑っていると、

「貴方様は私の命の恩人。どうか遠慮なさらずに」

そう志乃も勧める。

「さあさあ、若君様も姫君様もそう申されている事ですし、山本様、お受けなされませ」

佐内も嬉しそうに言うのであった。

哲郎は、自然に昔の武士がしたように、両手で安綱の太刀を太郎から授かると、深々と頭を下げた。

太郎は満足そうに元の所へ戻ると、

「安綱は、儂には重いし長すぎるわ。儂にはこれがある」

そう言うと、佐内の脇に置かれていた錦《にしき》の袋を叩いた。それは、備前長船の住、長光の作による二尺三寸余りの名刀だった。また、志乃のそれは順慶長光、二尺一寸余りの小太刀、佐内のそれも一文字吉房の作で、二尺八寸近くあった。皆、鎌倉時代の名工の手による名刀中の名刀だという。

この時代の名刀は、一振りで一国にも匹敵するほどの価値があるのだとも聞いた。

「山本様は背丈もあるし、六角棒を左腕一本で振り切れる程の豪力。これだけの大技物の安綱を使いこなせる者は、貴方様をおいて他におりません」

佐内は言うと、早速安綱を哲郎の腰に佩《は》わせてみた。不思議な事に、哲郎は自分の体の中に熱い火の玉のような勇気が湧いてくるのを感じた。

満足そうに哲郎を見上げる三人の目は、絶大な信頼を哲郎に向けている事を物語っていた。

第十五章　†　鍛錬

真剣を持った哲郎ではあるが、勿論真剣で勝負した事などはない。天善達が甲州からやって来る討伐の日まで、今日を入れてまだ九日間の時があった。

小屋の前の広場の雪をかくと、そこで、連日戦いの訓練を行う事にした。

哲郎程の腕の者が真剣を知らない事を、佐内は不思議に思ったが、佐内の手解きで哲郎はすぐにこつを飲み込む事ができた。

湾曲した型の日本刀が生まれてから天文二十年の今日までに七百年以上経っていると言われた。それは、七百年間人を殺すためにだけ作られた武器である。型といい、重さといい、長い間人を切り殺すために研究を重ねられてきた日本刀にとって、人の首や手足を切りとばすのは、たわいのない事だと佐内は言う。

そして真剣勝負は、殺すか、殺されるか、二つに一つだという事も何度も聞かされた。

哲郎自身も今は戦国の時、殺《や》らなければ殺《や》られると何度も自分に言い聞かせ、真剣を振っていた。

木刀による訓練も十分行った。

佐内は、哲郎からみると達人の域に達している。両者共に睨み合っても、互いに打ち込む事がむずかしかった。

太郎も志乃も、哲郎と手合わせをしてみたが、二人共剣道で言う三段位の力は優にあった。

一汗かいて、四人が小屋に戻り体を休めている時、

「爺の言った通り、山本様はお強い」

と太郎が言うと、

「太郎君も、まだ体が出来上がっていないにも拘わらず、鋭い打ち込みをなされます。私のようにただ運動として練習を積んだ者とは訳が違うと思います」

哲郎がそう答えると、二人共、白い歯を見せて笑った。

「二人共仲の良い事で」

志乃が、白湯を運んで来てくれた。

「志乃さんの片手で繰り出す小太刀の剣法も、並の男子でしたらとても防ぎきれません」

哲郎が真面目に言うと、

「だから爺に何かと小言を言われます」

ちょっと恥ずかしそうに志乃が言った。それを聞いて佐内が、

「その事だけが、佐内一生の不覚」

とふざけて言ったものだから、男三人腹を抱えて笑った。志乃は、怖い顔を佐内に向けていた。

このような澄んだ心を持った人達を見ていると、哲郎は、この人達の将来が幸せである事を願った。

「太郎君、貴方様の将来は何を志されますか」

哲郎が問うと、

「亡き父上と同盟関係にあった村上義清殿も、天文十七年、武田晴信と決戦をし、破れ、命だけは取り止め、越後の長尾景虎《かげとら》殿の元へ逃げ延びたと聞く。これといって頼って行く人も無し、今の武田の勢いに勝る者とてこの辺りには見当りませぬ」

太郎は、溜息をついて言うのだった。それを見て哲郎は、

「これから私の言う事を信じて聞いて下さい」

と、念を押してから話を始めた。

「太郎君は、三河と言う所を知っていますか」

　哲郎が尋ねると、

「爺、確か信濃国の南で、海を有する国であろう」

　佐内は、

「さようでございます」

と言って頷いた。

「そこに、恐らく太郎君より四、五歳若い、確か、天文十一年十二月二十六日に生まれた八歳か九歳の松平竹千代と名乗る人物がおります。今は彼自身の国もなく、織田家、今川家の人質として転々とする人生を歩んでいます。しかし、この戦国の乱世を統一する人物は、武田晴信でも今川義元でもなく、この松平竹千代、後の徳川家康、その人なのです。武田晴信は武田信玄と改名し、何度となく長尾景虎、後の上杉謙信と戦いますが、後に病死します。今川義元は、上京の際、小国の主織田信秀の子、織田信長の手により、桶狭間で打ち死にします。また、太郎君の宿敵武田家も、武田信玄没後、この織田信長と徳川家康の同盟軍の鉄砲隊に、最強をほこる武田騎馬隊共々ことごとく打ち砕かれ、信玄の子、武田勝頼と共に武田家は滅びてしまいます」

　ここまで哲郎が話すと、佐内が驚いて、

「あの飛ぶ鳥も落とす勢いの武田家が、そんなにすぐに滅んでしまうと言うのでござるか」

とても信じられないと言った様子で哲郎に問うと、

「間違いありません」

哲郎はきっぱりと言った。

そして、この織田信長がほぼ天下を手中に治めた時、信長も、彼自身の宿将明智光秀に京の本能寺で打たれてしまいます。次に、同じ信長の宿将、元は農民出身の羽柴秀吉は、主殺しの明智光秀を打ち取り、秀吉は豊臣秀吉と名乗ってこの乱世を統一します。

それにより日本国は、平和を取り戻したかに思われましたが、この豊臣秀吉の死後、また日本は大きく二つに割れて、大きな戦が関ヶ原で行われます。その一方の将が、織田信長と同盟関係にあったこの徳川家康。もう一方の将が大閤秀吉の宿将石田三成です。この関ヶ原での合戦の勝者は、松平竹千代、すなわち徳川家康なのです。それから天下統一を果たした徳川家は、全国の主として、三百年余り続いていくのです」

とくとくと哲郎が語ってゆくと、三人は夢物語でも聞いているかのように驚いている。

「そんな大事な事が、山本様には何故おわかりになるのですか」

佐内が少し力を込めて問うと、哲郎は、佐内の目を直視して、

「私の言う事を信じて下さい」

また、同じ事を力強く繰り返すのだった。

暫くの間沈黙が続いたが、

「すると山本様は、この太郎がその徳川家に御味方すればよろしいと言う事を教えて下さっているのですね」

太郎は素直に納得して言った。哲郎が大きく頷くと、

「私は、皆さんの幸福を願っています」

と静かに言った。太郎も、

「私は、山本様を信じます」

そうはっきり答えた。

佐内も今、哲郎から聞いた事を繰り返すように何度も口の中で呟いていた。

†

二日後の一月四日の夜中、吉兵衛は、何処から調達してきたのか、数多くの太刀、槍、弓矢などの武器を、数人の男達の背に背負わせてやってきた。

男達は全部で六人だった。皆悪党共に家を焼かれたり、妻や娘を奪われたり殺されたりして

いた。

男達の話では、夜中に突然やって来ると、仮面の悪党共は容赦なく無言で村人を切り殺す。あまりの凄まじさに、妻や娘を助けるどころか、自分達が逃げるのが精一杯であったと言う。皆言葉少なく話すのだが、その声は憎しみに満ちていた。

「この者達は、私が襲われた里や村から探し出してきた者です。無知無力ではありますが、この度の事、命を捨ててお供つかまつりたいと申しております。どうか願いを叶えてやって下さいませ」

吉兵衛がそう添えると、男達は土間にひれ伏し、

「お侍様。どうか仇を打って下さいまし」

と口々に願うのであった。

佐内が奥の部屋に行き、太郎にその事を告げると、

「我らわがこの地に落ち延びて来た時も、その後も、この地の人々は、我らわに優しくしてくれた。その人々の決死の願い、聞かんでおられようか」

頷いている志乃を残して太郎は、囲炉裏の部屋に出て行き、

「皆の者、我らわと一緒に戦おうぞ」

ときっぱりと言った。

土間にうずくまっていた男達は、一斉に顔を上げると、

「ありがとうごぜえます」

と言って、そこにひれ伏してゆく背中は、微かな嗚咽と共に震えていた。

「明日から忙しくなるのお。爺はこの人達に、弓矢、槍の手解きをいたせ。山本様、太刀の手解きは、貴方様にお願いいたします」

太郎にそう言われると、男達は、初めて哲郎の方を向いた。

男達は皆、哲郎の出で立ちを見ると首を捻っていたが、その中の一人が、

「もしや貴方様は、杉山村村長《おさ》の家の蔵の前で、面をかぶった悪党の頭を、六角棒の一撃で叩き割ったお方ではございませんか」

少し興奮ぎみに聞くと、

「武吉、おまえの言うとおり、このお方はとてもお強い。そればかりではないぞ、色々な術もお使いになられるし、とても不思議な役に立つ物を沢山持っておられる。若君様や私達の手助けを決死の覚悟でお引受けして下さったのですぞ」

と吉兵衛が皆に答えると、武吉が喜んで、

「これぞ千人力」

と言った。初めて皆の顔に笑が零れた。

武吉は、大晦日の夜、襲われた村長《おさ》に仕えていた男であった。

主人の使いで、隣村の長に祝宴の酒を持って行く間に、あの惨事が起こった。

火の手が、自分達の部落から上がるのを見ると、必死で取って返した。だが間に合わず、帰り着いた時は、館はほとんど燃え落ちていて、無惨に殺された主人の生首だけが庭の片角に転がっていたと言う。あまりの惨事に口も聞けず、ただただ主人の首を抱いて泣いていると、蔵の方で女の悲鳴が聞こえた。そちらへ飛んで行くと、哲郎が、ひょっとこ面を打ち砕く所へ出くわしたのだった。

村長《おさ》には男の子がいなかったせいか、捨て子だった武吉を我が子のようにして可愛がって育ててくれた。そのため、読み書きも出来るようになっていた。そうしてくれた村長の無惨な姿を見た時、命を捨てる決心をした。哲郎と佐内に助けられた村長の娘の他の四人の娘達も、どうしても助け出さねばならないと考えていたが、自分一人ではどうする事も出来ずにいたと言う。吉兵衛から今度の討伐計画を聞かされ、是が非でも仲間に入れて頂きたいと何度も吉兵衛に頼んだのであった。

この武吉という目の澄んだ利発そうな青年は、ちょうど二十歳であった。他の五人も、皆それぞれ涙ながらに訴えたが、それは酷いもので、聞くに絶えない事ばかりであった。

太郎が悲しい空気を晴らすように、

「爺、皆に固めの盃じゃ」

太郎の横顔は活気に満ちて、すがすがしく映った。

†

一月五日の朝、哲郎が屋外に人の気配を感じて眠りから覚めると、佐内はもう武器の点検を終えて、男達に弓矢の指導をしていた。

時計を見ると六時を少し回っていた。

まだ外は薄暗く、除雪した広場も氷のように固まっていた。

昨夜、吉兵衛と武吉は、食料の調達で山を下りたが、他の五人は行くあてもなく、ここで一夜を明かした。

哲郎が、起きて出て行くと、佐内が、

「寝る間も惜しいということで、弓の引き方などを教えておりましたところ、山本様を起こしてしまいましたようで申し分けござりませぬ」

頭を下げると、哲郎は、自分の頭を掻いて、

「とんでもないです。私もすぐに支度をします」

と言って、小川の方へ急いで行った。

行くと、太郎も志乃も顔を洗って、しっかり鍛錬の支度ができていた。

「山本様、お目覚めでございますか」

また、志乃に言われたので、哲郎は頭を掻いた。

「私も一緒に起こして下さい」

と志乃に頼むと、志乃は笑って答え、哲郎が顔を洗っている後ろから、そっと、先程自分が使った手拭いを哲郎に差し出すのだった。

鍛錬が始まった。

最初は哲郎と太郎。次に哲郎と志乃。志乃は、半時も小太刀に似せた木刀を振ると、朝食の仕度で屋内に入って行った。

哲郎も太郎も少し休んで佐内達を見ていると、三十メートル位離れた所の丸太で組んだ小さな櫓《やぐら》の上に直径六十センチ位の藁で作った的を置き、それに矢を射かけていた。

「だめだ、だめだ。もっと弓をしっかり引いて呼吸を整えてから射かけよ」

佐内の厳しい声が響く。男達はかわるがわる射るのだが、なかなか的に当たらない。見兼ねて佐内が、弓をぎゅっと引いておいて一呼吸おき矢を放つと、魔法のように的の中心に矢が当たる。それは、当たるというより、的の中心に何か引力があり、それに矢が引き寄せられて行くように哲郎には見えた。佐内が放った矢は、空中で全くぶれがなく、美しく、力強く佐内の心のままに操られていた。

「爺、流石じゃ。太郎にも」

と言うと太郎は、哲郎との打物の鍛錬で熱くなった体の片肌を脱ぎ、男達の一人から弓を掴み取り、それを充分に引いておいて、ひょいと矢を放った。矢は、美しく、力強く、佐内のそれと同じように的の中心に当たった。

やんやの喝采がわく。哲郎は、太郎のあどけない顔の中に、強い戦国の武将の顔を見た。

「もう子供ではない」

勇気ある行動、人々への優しい気持ちや、人々への冴え渡る采配。見た目はまだ十三歳の少年だが、既に人の上に立ち、人々を導いていく力を持っている。哲郎は、心からこの少年を好きになっていた。

「皆の衆、朝粥が炊けましたぞ」

志乃の声に振り向くと、皆嬉しそうに屋内に入って行った。

その日の午後、吉兵衛は、武吉の他また三人の男と二人の女を伴って登って来た。

二人の女は、吉兵衛の女房お綱と、先日助けた村長《おさ》の娘お春であった。男達三人も武吉と同じ村の者で、浅吉、簔吉、松平と言った。皆、お春の父加右衛門に世話になった者達で、吉兵衛も、前に何度が会っていて、信用できる者達だと言う。そして彼らもまた、大晦日の惨事で家族を失っていた。

　家族を殺された悔しさと、村人にいつも優しく接してくれた加右衛門の死が、あまりにも痛ましいので、この若者達も討伐に加わりたくて、決死の覚悟で吉兵衛に縋ったのだと言う。

「今は、一人でも多くの味方が欲しいところ。三人の決死の覚悟、有り難く思う」

　聞いていた太郎が言うと、三人は、米などの重い荷物を背負ったまま、固く踏み固まった雪の上にひれ伏した。太郎が、

「礼には及ばん。儂の方こそ礼を言わねばならぬ」

と言って、男達の手を取ったその手に、男達の涙が落ちた。

「これで戦の準備はほぼ整いました。あとは、私が決戦の日に、天善達に酒と肴を持って行き、館の裏の雑木林の中で合図を待つだけです。それらを運ぶ決戦の日にはこの浅吉と松平を使わせてもらいます」

　吉兵衛は、男達が背負って来た荷の確認をしながら言った。

　そしてまた、太郎の方へ向き直ると、

「決戦の日まで、皆様の賄いをしなくてはなりません。我古女房、人様の世話にかけては引けを取りません。どうぞ使ってやって下さいませ」

吉兵衛が言うと、お綱もお春も丁寧に頭を下げる。

「吉兵衛、何から何までかたじけない。この恩一生忘れはせぬぞ」

太郎は、心から言うのであった。すると、

「もったいない事で。この吉兵衛、こうやって少しでも皆様のお役に立てる事、女房共々、一生一代の晴れ舞台だと喜んでおります」

また、深々と頭を下げて言うのだった。そこで太郎が、

「吉兵衛、明日からは、この太郎と一緒に弓矢打物の鍛錬ぞ。覚悟してまいれ」

少しふざけた口調で言うと、

「おまかせあれ」

吉兵衛も鷹揚《おうよう》に受け返すと、皆どっと声を出して笑った。

武吉の部落の四人は、山での林業の仕事が生活だったため、簡単な大工仕事もこなした。早速、広場の一角に、彼ら九人の男達が寝泊まりできる仮の丸太小屋を造った。中心に石で積み上げた囲炉裏を作り、その周りに粗末な寝所を作っただけのものだが、杉の皮で屋根を葺いたこの小屋でも、武吉達には充分であった。

男達は連日連夜時を惜しまず、戦闘の訓練を繰り返した。皆本当に決死の覚悟で集まった者達なので、その上達ぶりには目をみはるものがあった。また、集まった男達は、皆賢かった。

しばらくすると、男達が放った矢が、的の中心とはいえないが、どうにか俵大のそれには当たるようになった。女房達も、もしもの時のために、志乃から小太刀の打ち方を教わって、二尺余りの棒を振り回しているし、吉兵衛も、暇なおりには約束通り、太郎から武術の手解きを受けていた。

「いや、いや、山本様。太郎君様はとても厳しい。この老体に鞭打ってもいけません」

吉兵衛は息を切らせて哲郎に告げると、かたわらの丸太の上に腰を下ろした。

呼吸を整えると、

「太郎君様は、ここに来られた時はまだほんに若子様であらせられましたが、あんなに御立派になられ、亡き御殿様が生きておられましたらどんなにお喜びになられたことか」

遠くで真剣を振っている太郎を、目を細めてしみじみと見て言った。哲郎もその言葉に頷いて、

「太郎君は、立派な武将になられるでしょう。もうあの年で、心、儀、体、共に備わっています。私の住んでいた世界でしたら、まだほんの子供の年です」

同じように目を細めて、遠くの太郎を見た。吉兵衛は、少し遠慮がちに、

「山本様は太郎君様に、武田家は晴信の子の代で滅びると予言したと佐内様からお聞きしましたが、無知な私めでは、あの強靱な大国の主、武田家が滅びるなどとはどうにも信じがたく、お

しかりを承知で今一度山本様にお聞きした次第でございます」

吉兵衛は、慎重な口調で哲郎に問うのだった。勿論哲郎も、歴史の本にそう書かれてあるとは言えない。そこで、

「鉄砲を知っていますか」

と吉兵衛に聞いた。旅籠を営んでいた吉兵衛である。色々な旅人が泊まり、色々な情報を聞いていた。

「確か鉄の筒から、鉄の玉が飛び出る新しい武器と聞きましたが、まだ見た事はございません」

そう旅人から聞いた事を哲郎に答えた。哲郎は、固くなった雪の上に火縄銃の絵を書くと、火薬を仕込んで、その力で玉を発射させる仕組みを簡単に吉兵衛に説明した。吉兵衛は瞬きもせずに哲郎の話を聞いている。そして哲郎は、この鉄砲の力によって天下一と言われた武田騎馬隊が、長篠の合戦で、織田、徳川連合軍に破れ、滅びて行く事を話した。

吉兵衛は暫く黙って、哲郎が雪に書いた火縄鉄砲の絵を見ていたが、

「山本様。このお話は、新しき考えの織田、徳川両軍が、古き考えのままの武田軍を滅ぼしたと考えてよろしいのでしょうか」

真剣に哲郎の目を見て聞いた。

「その通りです。鉄砲が今から八年前の天文十二年（一五四三年）九州の種子島へポルトガルという異国から伝来して以来、戦の形が変わっていくのです」

きっぱりと答えると、また暫くの沈黙が続いた。

吉兵衛はきちんと雪の上に正座すると、

「恐れ入りました。私も、太郎君様達と同様に、貴方様を信じます。これから後も我々に貴重な御知恵を授けて下さいませ」

と深々と頭を下げた。

「そんなに鉄砲とは強力な物か」

一人言のように言うと、

「勉強不足の吉兵衛、若君様にもう一度懲らしめて頂きに参りましょう」

元気な足取りで太郎の所へ戻って行った。

第十六章　†　真剣勝負

一月七日の夜中、いわゆる討伐の三日前である。

三つの連なる黒い影が、急勾配の岩山を、懐中電灯の明かりを頼りに登って行く。その三つの影は、見え隠れしながらその岩山の中腹に消えて行くと、「穴神」の石のあった洞の空間の裏手まで来ていた。

佐内は、哲郎に目で合図を送ると、岩戸の下にはめてあった石を外し、岩戸を手前に引いた。するとと、何もなかった岩の一部が、ちょうど人が入れる位の口を開いた。武吉は、二人がする事を無言で見ていたが、岩の口が割れると、

「あっ」

と小さく声を漏らした。

「山本様。この明かりは消して、洞の中ではこちらの方がよろしいかと思われます」

と言って松明を岩の割れ目から取り出した。

武吉は、哲郎から懐中電灯の使い方を教わって、すぐに明かりが作れるこの不思議な物にたいそう驚いた。そしてまた、この抜け穴の仕組みにも仰天していた。

先ほど岩山を登って来た黒い三つの影は、哲郎、佐内と武吉の三人であった。

最後の討伐計画を練るために、窪の悪党共の隠れ家を、もう一度調べておく必要があった。

哲郎も、あの窪地で消えてなくなった志津の家と志津が気になってついて来た。三人は、手に手に松明を持つと、その明かりを頼りに、洞の中へと入って行った。佐内が、内側から岩戸を閉めると、佐内を先頭に窪地の洞の出口へと進んで行く。哲郎にとってはもう三回目なので、それほどの驚きはなかったが、武吉にとってはその変化にとんだ広い洞の中は、別の世界のように思えたのだろう。時々足を止めるのを、佐内に速く進むよう促されていた。

洞の出口の近くまでは何事もなく来られたが、出口に近付くと、松明の火を消して懐中電灯に替え、明かりが漏れないように慎重に出口まで行った。出口から、三人は館の方を見ると、シンと静まり返っていて、人の動く気配はなかった。

哲郎が時計を見ると、二時を示していた。

三人は、慎重に電灯の明かりを漏らさないようにして、館に忍び寄った。悪党共は皆、哲郎達の進入に気付かず、深い眠りに就いている。ただ奥の馬屋の方で、「ブルブル」と馬の鼻息のような音がした。

女達が捕われている牢屋の外側の壁板の厚みを調べていた佐内が、

「山本様。此処も、私達が作った時と同じようで、これと言った強化もされていないと思われます」

小声で囁いた。

三人は音も無く館を一周し、これと言って変わっている所が無い事を確認すると、また音も無く穴の方向へと、闇の中に姿を消して行った。静まり返った闇の中で、また「ブルブル」と馬の声が聞こえた。

†

哲郎が、洞の抜け穴を通って帰って来ると、もう明け方の四時に近かった。

三人は仮眠をとると、朝食を済ませ、最後の計画を話し合った。昼近くに吉兵衛が、何やらむしろでくるんだ物を背負ってやって来た。

「これを待ったので、少し遅れてしまいました」

皆に侘びると、それを囲炉裏の脇の板の間に置いた。

むしろを開いてみると、なんとそこには火縄銃が一梃包まれていた。

皆、首を傾げて見ていると、

「この火縄銃どちらから求められましたか」

哲郎がそれを取り上げ、吉兵衛に問うと、

「先日、山本様にお知恵をお借りした時に、鉄砲はとても強い武器だと聞きましたもので、今度の決戦は必ず勝たねばならないと思い、私財を投げ打って密かに知人に頼んでおいたところ、一梃届きましたので、早速運んでまいりました」

と平然と言うのだった。

そう聞くと、皆一同表へ出て、早速試してみた。吉兵衛が知人から教わった通りに、火薬の入っている小袋の火薬を鉄砲の筒の先から流し込み、それを筒の下に付いている細長い棒でついて詰めると、筒の先から丸い鉛の玉を込めた。そのまま引き金を立てておき、ハンマー状の撃鉄に火縄を装点した。その火縄に火をつけるのに、ライターは、大変役に立った。

吉兵衛は、弓矢の訓練に使っていた的を狙って引き金を引いた。「ダダーン」というすさまじい音と硝煙を残して、みごと的の中心に当たった。皆はまた、きょとんとしていたが、

「おみごと」

哲郎が手を叩いて言うと、皆からやんやの歓声が上った。

「これは、大きな戦力になります」

哲郎はしっかりと皆に告げるのだった。

今度は、吉兵衛が皆に、得意そうに鉄砲の伝授をした。普段は優しそうな吉兵衛の横顔が、哲郎にはとても頼もしく思えた。それを小屋の入口の軒下で、女房のお綱が目を細めて見ていた。吉兵衛に言われたのか、お綱はこの時以来、暇があればいつも鉄砲の玉込めの練習をしていた。

日が傾き始めた頃、鉄砲という珍しい武器の練習を終え、皆、囲炉裏の周りに集まってきた。途中だった最後の討伐計画が進んでいく。哲郎達三人による昨夜の調べでは、洞にある抜け穴の事は、悪党共にはまだ気付かれてはいない事を確認する事ができた。あの穴を利用する計画は、前の計画通りで進める事ができた。

一番大切だと思われる事は、捕われている女達をどうして無事に助け出す事か、であった。色々な意見が出たが、悪党共が泥酔して寝入っている真夜中、館の入口、裏口、歩達《かち》の小屋の出入口などの板戸を、逆に外から開かないように六角棒のような頑丈な棒で止めてしまい、中から開けようとするその短い時間内で、牢屋の外側から板壁を鉞《まさかり》や大鎚《おおつち》で叩き割り、中の女達を助け出すという計画を取った。女達さえ無事に助け出せば、後は火をかけて炙り出しても構わなかった。出口に持ち伏せて、慌てふためいて出て来る所を、先ず弓矢を射かけて、鉄砲を打ちかける。彼奴等《きやつら》が怯んで出た所を、太刀を持って打ち合う事にした。

練習のように打って出る時、武吉達は必ず二人一組で行動する事を佐内から念を押された。吉兵衛達三人は、天善に催促されて酒と肴を運び込んだ後、これも打合せどおり、裏の林の中で待機し、哲郎達が穴を利用して館を取り囲む前に、見計らって合流する事になっていた。

三人の武器も佐内達が運び、鉄砲は腕のいい吉兵衛が受け持つ事になった。

ほぼ話し合いが終わる頃、佐内と吉兵衛がもう一度太郎君と志乃姫に、今回は大事を取ってここに居てもらいたい事を二人に頼むと、

「爺は、まだそんな馬鹿を申すか。ここで皆のために立てんで後々生き延びようと、儂一人で何が出来る。今こそ天命をかける事が儂の運命ぞ。万が一不覚を取ったとて、父上や母上の住む世界へ行くまでの事」

決死の覚悟は全く動かなかった。志乃姫も、

「太郎の意に賛成じゃ」

こちらも頑として微動だに動く意志ではなかった。

皆そこにひれ伏して、もう何も言う事をしなかった。

吉兵衛がもう一梃、鉄砲が届く事を哲郎に告げると、天善らを宿で待つため、浅吉と松平を伴って夜中の道を中里村へと下りて行った。

哲郎は、明日二梃目の鉄砲を取りに行く事を吉兵衛と約束していた。吉兵衛が言っていたとおり、明日、天善ら悪党共が金山商人の人買いを伴って甲州からやって来ることが確実になった。

哲郎は、ここ数日間訓練してきた真剣に依る戦い方を、繰り返し復習する事で理解しようとしていたが、やはり真剣勝負は経験がないので、少しの不安がいつも心の中にあった。本当の真剣による戦いは、時代劇のチャンバラのようにはいかず、交わった一瞬で決まってしまうと佐内から教わっている。

殺らなければ殺られるともいつも言われてきたが、果たしてその時、相手を殺そうと思えるだろうか、という事も不安の一つであった。そんな事を考えながら、授かった安綱を上段から振り下ろしていると、昨夜、吉兵衛と約束した時が近づいたので、鉄砲を受け取りに行く支度をするため、戸内に入って行った。

すると、土間の上がり框に志乃が腰掛けていた。長い髪を後ろできりりと束ね、小袖の男衣装で身を固めていた。哲郎を見ると、

「今日は、私が道案内をいたしましょう」

と哲郎に言うが、哲郎は、

「吉兵衛さんの宿はわかっているので一人で大丈夫です。危険ですので姫は、此処に居て下さ

い」

と頼むが、頑として言う事を聞いてくれない。佐内に目を向けると、頭を振って諦め顔である。

そこに太郎が出て来て、

「姉上様をよろしくお願いいたします」

と言われてしまい、午後二時を少し回った頃、二人で出発した。

なるべく目立たないように、太刀はむしろに隠して哲郎が背負ったが、背も高く、しっかりとした体格を持つ男装をした志乃は、御《お》ごしょうのような美しい美丈夫であって、目立たないようにという表現には全く反比例していた。

その志乃を先にして二人が、中里の吉兵衛の宿に着いたのは三時半であった。

此処までの道中は、二人共余り口も利かず、道行く人が時々振り返る位で、これといった出来事はなかった。

「これは、これは、姫君様まで御一緒に来られるとは、仲のよろしい事で」

嬉しそうに吉兵衛が言うと、志乃の頬に微かな紅がさした。それを見た哲郎も、自分の頭に手をやった。

そんな二人を吉兵衛はすぐに囲炉裏に誘うと、熱い茶を勧めた。

暫く黙っていたが、哲郎が、

「明日は、予定通りですか」

と尋ねると、吉兵衛は、土間の片隅に積んであった四個の一斗樽を指して、

「用意は万全でございます」

と答えるのだった。

　鉄砲は、既にむしろに包まれていて、しっかりと紐で結ばれていた。


　二人は暗くなるまでに山に戻りたいと吉兵衛に言って、宿を後にした。ちょうど、神流川に架かる橋まで来ると、橋を渡った左手に飯屋がある。来る時には気付かなかったが、その軒先に二頭の馬が繋がれていた。

「おやじ、酒だ。酒持って来い」

　二人の男が向かい合って酒を酌み交わしながら悪態をついていた。他に客はいなかった。

　若い方が、

「兄貴、なんで俺達だけが女狩りに来なけりゃいけねえんだ」

　ふてくされて言うと、頭に包帯を巻いた一方が、

「俺がへまをしちまったんで、女が足らなくなったんだとよ。明日は天善様が来るし、それまであと二人何がなんでもかっさらって来いと頭が言うんじゃあしょうがねえだろうが。頭に、お

めえ、さからえるか、命なんぞいくらあっても足らねえぜ」

声を落として言うと、若い方へ酒を注いでやる。

「そう言っても兄貴、ここ数カ月この辺の若い女は俺達が皆さらっちまってるし、もうろくなのがいねえ。ぼつぼつ場所変えだぜ」

と言うと、傍らに転がされていた女を足で蹴飛ばした。足蹴にされた二人の女は、声を出さずに泣いていた。もし声でも出せば、殴り殺されるか、切り殺されるかであった。

「こんな女でも頭《かしら》にはかんべん願うしかねえな。また頭が痛くならあ」

包帯を手で押さえながら言うと、茶碗に注いだ酒を呷った。

ふとその時、戸外に視線がいった。店の前は少し道幅が広くなっていて、まだ外は明るかったこともあって、橋の方まで見渡せた。男の顔が、ギョッとした。

「あの野郎だ」

口まで裂けた、大きな切り傷を震わせて言うと、

「兄貴、どうした」

若い方も振り返って、橋の方に目を向ける。

「俺をやった野郎だ」

唸るように低く言った。

「何、野郎が兄貴を」

男達は、蛇が蛙を睨むような目付きでこちらへやってくる二人を見ていた。

「連れは野郎か、すけか、どっちに転んでもいいぜ。頭は喜ぶぞ、殺《や》っちまおう」

若い方が言うと、男達二人は飯屋から飛んで出て行った。

飛んで出て来た二人の男を、哲郎は志乃を身に隠すようにして見ると、一人が、あの夜のひょっとこ面の男だとすぐにわかった。

「あの時の礼は、たっぷりさせてもらうぜ」

と言うと同時に、二人共、太刀を抜き放った。しかし、哲郎が手強い事を知っているので、すぐには切り掛かってこない。相手の出方を見ながら哲郎は、背負っていたむしろを小脇に抱え直すと、中から、二振りの太刀を取り出し、一方を志乃に手渡した。間合を計ってゆっくりと、自分の太刀を革のベルトに付けると、さっと抜き放った。

抜かれた太刀は、勿論安綱である。あくまでも志乃を守るため、志乃を背後に置き、大きく上段に構えた。振りかぶったその太刀には、バランスのとれたちょうど良い重みがあった。

「市、気い付けろ」

ひょっとこ面の男の声が飛ぶ。哲郎にとって、真剣勝負は初めてである。一撃必殺で決めなければいけない。少したじめらっている哲郎の脳裏では、

「殺るか、殺られるか」

壊れたテープのように、その言葉が繰り返されていた。

哲郎は、雪の足場を踏み固めながら、ゆっくりと左に廻った。志乃もそれについて廻る。

背の高い哲郎が、高く上段の構えをとると、相手に覆いかぶさるような重圧を与える。

二人を見据えて哲郎が橋の欄干を背にした時、市と呼ばれた若い方の男が、堪り兼ねて打って出た。その切先を、ぎりぎりに身を引いて躱すと、男の腕がいっぱいに伸びきった。哲郎は、小手を切る要領で、真下に安綱を振り下ろした。その力には、太刀自体の重さも加わり、鋭い打ち込みとなった。

閃光が走った一瞬、男はパッと元の位置まで飛び下がった。凍り付いて固まっている雪の上に、人の太刀を持った手首が、「ぽろり」と切り落とされた。

哲郎は、自分の方かと思い、体の確認をした時、相手が絶叫を発して前屈みになると、鮮血がしたたる腕を抱え、膝を落として倒れていった。

「市、市」

哲郎を見据えながらひょっとこ面の男が盛んに呼ぶが、低い唸り声以外それにはなんの応答もなかった。ひょっとこ面の男の顔から、血の気が引いていくのが哲郎にはわかった。

哲郎は、またさっと上段に構え直すと、今度はこちらからじりじりっと間合を詰めてゆく。相手は、それに合わせて少しずつ後退する。

今度は、男の方が欄干に詰まった。その時、哲郎が半歩前へ踏み出すと、男は慌てて打ち込んで来た。その切先をすれすれに右に躱すと、男の体は伸びきってしまい、勢い余って前のめりになった。そこを、「ぶん」と安綱の一閃が横に走った。

一瞬の閃光が、男の首を掠めたかと思うと、男は反対側の橋の欄干まで歩いた。

そして振り返り、また哲郎に対し太刀を構え直そうとしたが、首がおじぎをするように、体から転げ落ちた。

残された胴体からは、「どくどく」と音を立てて血が流れ出し、スローモーションのように仰向けに、ゆっくりと橋の欄干に倒れかかっていった。

互いに命を賭けた真剣勝負である。ほんの数分の出来事であったが、一生のように長く感じた。真剣とは、こんなにも鋭いものなのか。それにしても安綱は、良く切れた。

哲郎が、そんな事を思い、夢ごこちに立ち尽くしていると、志乃が駆け寄って、無言のまま哲郎に強く抱き付いた。やはり女性である。哲郎も同じように志乃を抱き止めると、志乃の目からは取り留めもなく涙が零れ落ち、体が小刻みにふるえているのがわかった。

志乃は、もっともっと強く体を合わせると、そこに哲郎の暖かい温もりを感じる事が出来てとても嬉しかった。そして、自分は心から哲郎を好きなのだと思った。それは、ただ好きなのではなく、もっと強いもののような気がしていた。

三人の人影が、二人に近寄り礼を言う。

「有り難うごぜえます」

飯屋のおやじと、さらわれた二人の女達だった。

すると、何処からともなく村人達が集まって来て、口々に礼を言う。哲郎はその人達に死体を隠してくれるように頼むと、皆すぐに承知してくれて、誰一人として拒む者はいなかった。

さらわれてきた女は、哲郎達に何度も礼を言うと、落ちていた太刀を拾って、蹲《うずくま》って踠《もが》いている男を自分達の夫の仇《かたき》だと言うと、その太刀で突き殺してしまった。

もう一方の女を見ると、転がっている生首を毬のように足蹴にしている。それに巻かれてあった包帯がほごれ落ち、醜い首が空の方を向いていた。

飯屋の軒先に繋がれていた二頭の馬は、何事もなかったかのように穏やかな仕種をしている。

哲郎と志乃は、この主人をなくした二頭の馬に跨がると、もう陽を落としてしまった薄暗い谷間へと、馬の歩に任せてゆっくりと消えて行った。その二人を見送る村人達の中で、飯屋のおやじが、

「あのお方は八幡様の生まれ変わりじゃ」

とぽつりと言うと、大声で、

「南無八幡大明神」

と三度続けて言った。

それを聞いた村人達は、皆口々に、

「南無八幡大明神」

と声を揃えて唱えるのであった。それは、恰も橋下を流れる神流川の怒とうの如く、大きなうねりになって、周りの山々にこだましていった。

それから村人達によって、悪党の死体は粗末な菜漬けの樽に入れられ、路端に埋められたというが、決してこの事を口外する者はいなかった。

第十七章 † 思惑

その夜の見張りに立っていた武吉が、沢沿いの小径を二頭の馬を引きながら、こちらにやってくる黒い二つの人影を見つけたのは西の空も、もうとっぷりと暮れてしまった夕刻であった。遠くからでは、その人影を確認することはむずかしかったので、武吉は素早く雪の中を走って行くと、その事を佐内に告げた。

ちょうど佐内は、今日の鍛錬で流した汗を沢の水にひたした布で拭き取っていた。

まさか、哲郎と志乃が馬を引いて帰ってくるとは、佐内も武吉も思いもよらない。用心をして近付いて見ると、それが見慣れた顔なのでほっとした。

佐内が志乃の引いて来た馬の手綱を取ると、

「これは、大変な獲物ですな」

哲郎の方を向いてうれしそうに言う。佐内は、その栗毛馬の主が、先刻村を襲ったひょっとこ面の男だということを知っていた。

「馬が二頭ということは、鬼の二ひきほど打ち取られたことと思います」

増々上機嫌で言うのだった。周囲の男達の中からも、

「この馬に乗った奴らに、俺《おら》の家族が殺《や》られた」

そんな声が、口々に聞こえた。それは、この二頭の馬が悪いのではないが、乗っていた奴らは、此処に集まった人達の憎い仇であった。

哲郎は、先刻から二人の人間を殺《あや》めてしまった事を、ずっと考えながら此処まで雪の小径を登って来たのだが、この人達の家族や一族を虫螻《けら》のように殺して廻った二人の悪党を殺した事は、仕方の無い事。今日は戦国の時、これでいいのだと何度か繰り返し、自分自身にそう言い聞かせて納得させていた。

哲郎が、沢の水で簡単に体を拭き、顔を洗って小屋に戻って来ると、哲郎は、皆の歓声で迎えられた。

普段は無口な志乃なのだが、今日の事は余程に嬉しかったとみえて、幾つか皆に話して聞かせたようだった。哲郎が照れ臭そうに、頭に手を当てながら入って行くと、すかさず太郎が、

「姉上から聞きました。山本様の腕前、敬服いたします」

尊敬の念を込めて言うと、

「さあこちらへ」

席の中央に促した。哲郎がまた困っていると、

「今日は、さぞお疲れでしょう。さあさあ山本様」

佐内の犒《ねぎら》いの言葉で、哲郎も勧められた席に座った。そこは、左に太郎、右に志乃を置いた小さな小屋の中ではあったが、最上の席であった。

お綱やお春が作ったのだろう。質素だが、心の籠っている夕食が並べられていた。

「明日は我らが待ちに待った悪党討伐の日。皆の日々のご苦労、神々に通ずる事と堅く信じ、今夜の宴《うたげ》を心置き無く楽しんで下され」

佐内が凛として言うと、続けて太郎が、

「明日《あす》は、命を賭けての戦ぞ。今夜は皆遠慮せずに十分に楽しんで下され」

自分の前に置いてあった杯を取り上げて言うと、皆それに従い一気に呑み乾した。

天文二十年一月九日の夜であった。

吉兵衛の女房お綱も、村長《おさ》の娘お春も、男達の席に割って入り、楽しく酒を酌み交した。

席はだんだん盛り上ってゆけど、どの男達からも、決してだらし無い仕草はみられなかった。

そこには、明日の戦に挑む神聖な決意が、皆の間に流れていた。酒気ただよう中、佐内が、

「山本様。今日の鬼退治、皆どんなに勇気づけられましょうか。ぜひ聞かせて下さいまし」

せがむようにして言うのである。

哲郎が、仇打《かたきう》ちをした話を、一同声を殺して待っている。

自分の事を自分では話しにくいもので、哲郎が困っていると、

「私が聞かせましょう」

すぐに志乃が、その役を買って出てくれた。

吉兵衛の宿から始まり、得得と話は進んでゆき、橋の上の場面になり、哲郎の一撃で、最初の男の腕が持っていた太刀共々切り落とされたところにくると、芝居か何かに見入っている観客が喝采するが如く、どよめきが上った。次に二人《ふたり》目の首が打ち落とされる場面になると、それは最高調に達して、皆涙を流して感じ入っていた。それを聞いていた武吉達の士気は、大いに盛り上がっていった。

さぞかし皆、ひどい目に合ったのだろう。哲郎はそう思うのだが、どうしても皆と一緒には喜べないものがあって、今日《いま》は戦国の時、その言葉を何度も繰り返し呟《つぶや》いていた。

「山本様」

ぼんやりしていた哲郎に、太郎から嬉しそうな声が掛かった。

「安綱は、それほど良く切れますか」

突然の質問に、

「お預かりしていています宝刀安綱、魔力でも秘められて居るかの如く良く切れます」

ゆっくりと頭を下げて言った。本当にそれは、その辺の菜でも切るかのように簡単であった。

「山本様の腕前、私共の御先祖達が、あの世とやらでどれほど喜んでおられますやら、太郎、心から嬉しく思います」

こちらもまた頭を下げて言うのであった。

「山本様。皆、あんなに喜んでおります。我らは神々の助けを賜り、力を与えられた気持ちになっております」

二人の話をもう一方の側でさっきからじっと聞いていた志乃は、自分の心臓の鼓動が高鳴り、体の芯が熱く燃え上がるのを感じていた。

時の経過は早く、すでに三時間余りが過ぎていた。

「明日は我らにとって大切な日。そろそろ寝るといたしましょうか」

佐内がお開きを告げた。

仮小屋の方へ引き上げて行く男達の足取りは、誰一人として呑み過ぎてだらしなくする者はなかった。その後ろ姿には、明日に全てを賭けている男達の強い意気込みが感じられた。

お綱とお春が後片付けをしている中で、哲郎と佐内はこんな話をしていた。それは、先ほど太郎と共に奥の部屋に入って行った志乃姫のことだった。

佐内が、姫様は女性ゆえにお綱やお春と共に此処で我らの凱旋を待っていて下さるようにと頼んだところ、姫は、

「もしもそなた達が敗れて打たれてしまったら、私一人でこの世に生きても仕方がない。決して遅れは取らぬから、自分も連れて参れ」

と言うと、頑《がん》として話を聞かないのだと言う。

佐内は、少し間を置くと、

「それも、山本様と一緒に戦うのだと言って聞きませぬ」

佐内は、少し困った様子で哲郎を見た。

今度は、哲郎の方で少しの間考え込んでしまっている。

「生きるも死ぬも、皆一緒。姫の警護、私で宜しいのでしたらお引き受けいたしましょう」

凛として哲郎が答えると、

「有り難や。姫様がどんなにお喜びになられることやら」

佐内は大変嬉しそうにして、いつものように深々と頭を下げるのであった。

お綱とお春も、顔を見合せ微笑んでいる。

哲郎が座って居る後ろの戸板の裏では、志乃がはずかしそうに哲郎の答えを聞いていたのだが、哲郎も佐内も全くその事を知らないでいた。

太郎だけはその光景を見て、姉上が哲郎のことを好きでいるのだと感じた。太郎は、美しい姉上の嬉しそうな横顔を見つめて、床の中でにこりと笑った。

太郎は、安らかな寝顔をして深い眠りについたが、その傍で横になっている志乃は、やはり寝つけないでいた。

始めて経験したこの胸のときめきは何であろうか。そう考えていた。

あの橋の上での出来事。大きな哲郎の胸に抱き止められた時の甘く切ない、なんだか自然に涙がこぼれてしまうあの気持ちはいったい何であろうか。そして、あれからはいつも哲郎の傍にいたいと思う気持ち。それら全てが初めてのことで、志乃は戸惑っていたのだ。

さっきも哲郎が、自分を連れて行くのを断わりはしないかと、はらはらしながら戸板に耳を傾けて二人の話を聞いていた。哲郎が快よく承知してくれたのを聞いた時は、耳たぶが赤くなるほど嬉しかった。そんな事を色々と考えていると、また胸が高鳴り、とても寝入ることなどできないでいた。

戸板を一枚挟んだだけで、隣の囲炉裏の板の間では、哲郎が佐内と一緒に寝ている。

哲郎の寝息が聞こえてくるような気がして、そこへ飛び込んで行って橋の上の時のように、哲郎の腕の中で泣いてみたいと思うと、自分の体の芯にあやしい火が灯った。

志乃は、恋をした。初めて山本哲郎という一人の男に恋をしたのだ。

「明日の戦、山本様と一緒なら死んでもいい」

そうつぶやくと、その気持ちは増々大きくなってゆき、睡《まどろみ》の中で見た横で寝ている太郎の顔までもが、哲郎の顔に見えてきた。そんなことだから、深い眠りにつくまではまだまだ時間がかかった。

志乃の若く美しい健康な心と体は、自然の息吹の中で、熱い炎の固まりとなって燃えてゆく。その炎は、自分の甘く切ない思いが、哲郎の心に届けとばかりに激しく燃え上がっていった。

†

「なに、まだ帰らねえと。今夜は天善様が着くというのに、馬鹿めらが」

今日は天善達を迎えるため、いつもとは違って少し小綺麗に身支度をしていた藤次だが、目付きの悪い男達を相手に、真赤な顔で怒鳴り散らしていた。

「約束ではもう二人、全部で二十人と、天善様には話してある。久六と市にゃ、どんなんでもいいから、かっ掠って来いと言ってあるのに、どこをほっつき歩いていやがる」

藤次がまた怒鳴るが、昨夜あたりから捜しはしているものの、二人の行方はてんでわからないでいた。

「あん時も、俺達と一緒に引き上げていりゃあ、怪我もせずに済んだものを。あの馬鹿めら、女まで取り逃しやがった」

藤次の腹の中には、ヤスの事件といい、ひょっとこ面の久六が見知らぬ男に六角棒でやられた事といい、そんな事が気にかかっていて、いらいらしていた。

やられた相手が何者なのか、今の所は全く見当も付かない。見た事もない出て立ちをしている大きな男だと言う事以外は、何の手掛かりもなかったからだ。

「ちっ、いまいましい。もう一度二人を捜せ。その奇妙なやつも、一緒にしょ引いて来い」

藤次は、赤く血走った目を鬼のようにして、悪党共に命令した。あまりにもその顔が恐ろしいので、バラバラと男達は戸外へと駆け出して行った。残された藤次は、いつになく脳裏の醒めた所で胸騒ぎを感じていた。

「吉兵衛、暫くじゃのう」

天善は、にやりとして優しく言うのだが、その言葉の裏側には、満遍無く毒《どく》が染み込んでいた。

ちょうど日が暮れる頃、一人の金山商人、人買いの伝右衛門と、五人の風体のはっきりしない野伏せりまがいの男達を連れて、吉兵衛の宿へと入って来たのだ。

天善は、数カ月前太郎達に追っ手をさしむけた討伐の時以来、何かにつけて吉兵衛を脅し、したい放題をしてきたのだ。今日も、例の窪地に入る途中、吉兵衛に、自分達が呑む酒と肴の催促をするために立ち居ったのだった。

いつものように買い取った女達を監禁する檻になっている馬車を吉兵衛の宿の軒先に付けると、七人は上がり框に腰を下ろした。吉兵衛が、せかせかと茶を入れて皆に渡す。天善は、わざとおもむろに茶を啜《すす》るが、咄嗟《とっさ》に吐き出すと、持っていた茶碗を狂ったように土間に叩き付けた。

「こんな物が飲めるか。いつものやつじゃ」

酒の催促をする。吉兵衛が小さくなって、

「暫くお待ちを」

と言っておいて、土間の片角《かたすみ》に積んであった酒樽から酒を抜き始めると、そこにいた男達がどっと笑った。

吉兵衛が、天善の前へ差し出すと、

「吉兵衛、いつものようにそちからいたせ」

天善は、さっきとは人が変わったようににこやかに言う。

「毒でも盛られたら難儀じゃからのう」

わざと親しそうに吉兵衛の肩を叩くと、また、男達が、どっと笑った。

一口付けると、

「これは良い酒じゃ、皆もいたせ」

天善がのっぺり顔で言うと、男達もそれにならった。

「ところで吉兵衛。女房のお綱は見当たらんが、どうかいたしたか」

またのっぺり顔で聞く。

「心の臓を煩《わずら》いまして、近頃突然他界いたしました」

吉兵衛が寂しそうに答えると、さしておどろく様子も見せず、虫螻《けら》でも死んだかの如く、

「お前などにはもったいないない女盛りのいい女だったが、それは気の毒なことをした」

心にも無いことを言って、隣に座っている人買いの伝右衛門を見た。「にやり」と笑った伝右衛門の口元が、吉兵衛にはひどく冷酷に見えた。

暫くすると伝右衛門が、

「天善様、そろそろ参りましょうか。陽もとっぷりと暮れてきましたし、先程の雲行きから、今夜はまた雪かもしれませぬ。女共も待っていることですし、酒はお山の館でたっぷりとお召し

あがり下さいませ」

自分の酒でもあるかのように言うと、

「吉兵衛、酒はたんとあるんでしょうな」

今度は伝右衛門が、素っ気無く聞いた。

「あちらに四樽用意いたしました」

土間の片角に積んである樽を指差し答える。

「馬車は、いつものように此処に置いてゆくゆえ、馬のめんどうなどしっかり頼むぞ」

軽く言うと天善は、とっとと戸外へ出て行ってしまった。

最後に残った伝右衛門が、意味ありげに吉兵衛の耳元で、

「残念だったねえ、女房のお綱さんよ。あの拷問の時の色っぽかったこと、惜しい人を亡くしたねえ」

いやらしい笑いを含んで囁くのだった。

吉兵衛は、下を向いたままじっと聞いていたが、

「この怨み、晴らさずに居られようか」

自分の握った拳を見つめて、何度も何度も繰り返し呟いていた。

吉兵衛が、悪党共に頭を下げて見送っていると、どこからともなく風に乗って雪が舞い始め

た。下げた頭に雪の粒が白く積もるまで、吉兵衛はその姿勢を崩さなかった。それは、天善達に対してではなく、自分達の武運を神に祈っている姿であった。

天善達が見えなくなると、

「今夜必ず、この怨み晴らしてくれよう」

今度は、はっきりと声に出して言った。

奥の間で、じっと悪党共の行動に耳を傾けて聞いていた浅吉と松平が、吉兵衛の傍まで駆け寄ると、がっちりとその冷たくなった手を取る。

「今夜、必ず」

三人は手を取り合って力強く言うのであった。

先程降り始めた雪は、風に舞う風花の形相から転じて、ほんの少しの間でも三人の頭に白く積もった。それは、これから本降りになることを告げていた。

「逆さじゃ、それでは逆さじゃ。鎖帷子《くさりかたひら》は、そう付けるのではないわ。それでは表と裏が反対じゃ」

佐内は、忙しく男達の中で飛び回っていた。

皆それぞれに小具足を付けているのだが、初めてなので勝手がわからないでいる。佐内の指導でお綱やお春が助けると、なんとか形にはなった。男達は足元を固めると、具足を付けての鍛錬を始めた。

「これが最後の鍛錬ぞ。皆、心を締めてかかれよ」

佐内の号令が飛ぶ。男達が元気良く答える顔は、今夜の戦に対しての恐怖の念などみじんもなかった。

連日の成果が上がって、男達は、どうにか一応に武器を使う事が出来るようになっていた。中でも取り分け、武吉、留吉などは上達が早く、他の男達に手ほどきをしていた。

「佐内様、具足を付けると少し動きずれえです」

男達に言われると、

「具足さえちゃんと付けて置けばな、これが皆の命を守る。すぐに馴れるから、必ず外すではないぞ」

と、念を押して言い聞かせた。そして武吉を近くに呼び寄せると、少し手加減して鎖帷子越しに太刀を武吉の肩に打ち当てた。

皆、「はっと」して見ていると、武吉は少しの衝撃は感じたものの、怪我は全く無かった。佐内が武吉に切り掛かった時、一番に顔色を変えたのは、村長《おさ》の娘お春であった。慌てて武吉の傍に駆け寄ると、怪我はしていまいかと武吉の体中を触ってみる。

その心配の仕方があまりにも大きかったので、武吉は照れくさそうに、

「御嬢様。私は大丈夫です」

と頭を掻いて言うと、お春も我に返って、耳たぶを赤くして下を向いてしまった。

それを皆で「やんや」と囃し立てたものだから、今度は二人共真っ赤になって俯いてしまった。佐内がにこにこしながら、

「これこの通りじゃ。恋の弓矢は防ぎ切れぬが、悪党共の腐れきった焼刃など、この鎖帷子が守ってくれるわ」

と言うと、皆またどっと笑ったが、互いに顔を見合わせると大きく頷《うなず》き合っていた。

この鎖帷子で体が守られていると思うと、皆、不死身になったような勇気が湧いてくるのが不思議だった。そして、いつものように鍛錬が終わる頃には、具足を付けていることもさほど気にならなくなっていた。

戸外に風花のように雪が舞い始めた頃、佐内は半紙に、武器やその他の戦に持って行く物を確認しながらしたためていた。それが終わると武吉達を呼び、三人一組にした名前を男達に渡した。

一枚目は、武吉、浅吉、松平の三人。二枚目の紙には、大平、留吉、三吉の三人。最後の一枚には、簑吉、新吉、捨吉と記されていた。佐内はそれを三人に渡すと、訓練同様、戦の時に

は必ず三人一組で敵に向かうようにと、念を押して言った。

命の賭かる事なので、男達はまばたきもせずにじっと聞いていた。

闇の中では必ず声を交して、くれぐれも仲間の確認を怠らないよう厳しく付け加えた。

哲郎達も何人かで、秘密の岩穴の薪の中に隠してあった大葛籠《つづら》を小屋まで運んで来ると、鎖帷子などの具足を付け始めた。

太郎は慣れたもので、志乃に手伝ってもらうと、すばやく付け終えた。太郎の具足は、紺色を基調にしたもので、所々に金の金具がほどこされており、とても美しい紺威しの具足だった。

それをまとった太郎の姿は、だれが見ても立派な戦国武将であった。

先程から傍で、黒づくめの具足をまとい片膝突いて待っていた佐内は、目を細めて恭しくその美丈夫を見上げていた。

もう今では太郎も、姉の気持ちを察している。

「爺、雪は小降りになったかのう」

佐内に問いかけると、二人共とっとと奥の部屋から出て行ってしまった。

部屋の片角どうしで哲郎と志乃が着替えを始めた。上着を脱ぎ、下着一枚で哲郎がわからなそうにしていると、志乃が襦袢一枚まとっただけの姿で哲郎に、細かい網の目になっている鎖帷子を着せてくれた。二人の体が近づくと、哲郎は志乃の熱い吐息を肌で感じた。

時折志乃の豊満な胸のふくらみが、襦袢の襟元からのぞいて眩しい。それは、かすかな蝋燭の光の中で、艶やかに輝いていた。

着せてもらった鎖帷子の冷たい感触が直接肌に触れて鳥肌が立ったが、哲郎はそれだけで自分の体が敏感に反応したのではない事を知っていた。

志乃が、哲郎の鎖帷子の襟を合わせると、それに付いている紐を結んでくれる。志乃の長い髪から甘い香りが漂う。志乃が顔をあげると、二人の目と目が合った。

今夜一夜の命かもしれない。

哲郎は、そっと細くくびれた腰に手を回すと、静かに志乃を抱き寄せた。トクトクと二人の鼓動が共鳴して音を立てていた。大粒の涙が頬を濡らす志乃を見ると、それは、この世の者とは思われないほど美しく輝いていた。哲郎は、惑《まど》わず感情にまかせてもっと抱き寄せると、形の良い志乃の唇にそっと口づけした。志乃は、ほんのりとして微笑むと、

「もし生きていられたら、私の傍《そば》にいて下さいませ」

志乃の消えてしまうようなはにかみの言葉に、哲郎は、志乃をもっと強く抱きしめて答えた。その嬉しい抱擁の中で、志乃は涙にむせびながら、無中で唇を合わせていた。それは、とめども無く流れ落ちる涙のように、いつまでも続いていた。

†

「爺、雪はたいぶ小降りになったのう」

太郎と佐内は、戸外の沢の傍で、二人並んで空を見上げていた。夕刻から降り始めた雪は、五センチほどの積雪を残して小降りになっていた。

太郎はにこりとすると、

「姉上は、山本様が好きでいらっしゃる。あんな兄上がいたら、儂もどんなに嬉しいことか。山本様なら大賛成じゃ。なあ爺、そうであろう」

きっぱりと佐内に言うと、佐内は無言で大きく頷いた。太郎は暫くの間、沢の流れを見つめながら、自分自身に言い聞かせるように、

「今夜の戦、何があっても勝たねばならん。爺、ぬかるでないぞ」

凛として言った。

「この命、何度殺されようとすぐに生き返り、若君様をお守りいたします」

深々と頭を下げる佐内の傍に太郎が寄ると、

「爺。爺は、太郎の本当の爺じゃ。今までのわがまま許して下され」

太郎は、佐内の両手を取ると、その冷たくなったしわだらけの手を自分のふところに当てた。

佐内は、肩を揺すって膝《ひざ》を突くと、太郎のふっくらとした手に顔を当てて、

「若君様。爺はこの爺は…」

もうそれ以上は、言葉にはならなかった。

支度を済ませて戸外に出ていた哲郎も、二人の会話を耳にしたが、自分自身、とめどもなく流れ出る涙を抑える事ができなかった。

「若君様」

哲郎の後ろから声が掛かる。お綱とお春が太郎の所まで駆け寄り、積もったばかりの雪の上に跪《ひざまづ》くと、

「二人共、練習の成果で鉄砲の玉込めもずいぶんと早くなりました。死ぬ時は、苦楽を共にした亭主と死にとうございます。足手まといかとは思いますが、どうか私共も御供願います」

お綱が言うと、続けて、

「捕われている姉様達と、私も死ぬ時は一緒に居とうございます」

お春も必死で、真白い雪の中に平伏《ひれふ》すようにして願うのであった。

太郎は、さっと二人の手を取ると、

「儂は、幸せ者じゃ」

流れる涙を拭おうともせず、二人を雪の中から立たせると、

「皆一緒に戦おうぞ」

と力強く言うのだった。いつの間にか哲郎の傍に来ていた志乃も、目頭を押さえていた。そんな太郎の姿を見てか、犬の疾風《はやて》が太郎の所へ駆け寄ると、

「疾風、お前も儂の手助けをいたせ」

犬の頭を乱暴になでると、疾風も、

「ワン」

と一声、嬉しそうに吠えた。どっと一同から笑いの声が上がった。

†

「これは、これは。御苦労様でございます」

窪地に続く大岩を巻いて登る唯一の道を、神流川の吊り橋を渡ってやって来た吉兵衛は、入口で見張りをしていた二人の男に挨拶をした。

「こんなに寒い夜、さぞかし体が冷えきってしまいましょう」

優しい言葉を掛けると、

「引いちまった。けちなくじをな」

貞腐《ふてくさ》れて一方の男が、もう一方の男に言うと、小さな焚き火に手を翳《かざ》した。粗末な物しか着ていないので、体が寒さで震えている。

「これは、秘密にして下さいませ」

吉兵衛が、二升も入りそうな大徳利を、浅吉が背負っている菰《こも》の中から取り出し、二人の前に差し出した。

嬉しさを殺して受け取る二人に、吉兵衛、浅吉、松平の三人は、深々と頭を下げて通り過ぎてゆくが、二人は通り過ぎる三人など見ずに、もう酒を呑み始めていた。

「吉兵衛、遅いぞ。もう待ちくたびれたわ。こんな話にならん馬鹿共相手に、酒無しではとても疲れていかん」

天善が苦々しく言うと、

「天善様、申し訳ございません。今度《こたび》は、樽四個に酒の肴、また、この雪の道中、此処まで登るのに少々手間がかかりました」

吉兵衛が話す間も無く、

「そんな事はもうよいわ。いつものように、早うそちが先にいたせ」

横柄に言う。毒味である。吉兵衛に、四つの樽の毒味をさせると、いつも少しの間《ま》を取るため、吉兵衛と世間話などするのだが、今夜は少し違った。

「やられたらしいのじゃ、吉兵衛。そちは知らんか。此処にいた二人の馬鹿者、ひょっとこ面の久六と、おかめ面を付けていた市のことを。昨日《きのう》あたりから姿が見えんと言うのじゃ。たわけた面なぞ被っているから、行《ゆく》え知れずになるのじゃ」

吉兵衛は、橋の上での決闘の事は本当に知らないでいる。

「皆目、見当が付きません」

平然として答えると、暫くまむしのように吉兵衛の顔を覗いていたが、突然にこりとすると、

「あの馬鹿共、どこかで呑んだくれているのじゃろう」

傍に坐っている藤次の方を見て言った。にやにやしていた藤次だったが、すぐに困った顔に変わった。

「何を笑っておるのじゃ。頭の無いのは本当に困るのう」

一別をくれておいて、吉兵衛に、

「この頃この近くに、不思議な身成りをしている大男が居ると聞くが、知りおるか」

のっぺりとした長い顔の目を細めて聞く。

「杉山村の略奪の際、何か野伏の一人を、樫の六角棒で打ち負かしたという噂は聞き及んでおります」

吉兵衛は、しゃんとして言った。天善は、その態度を苦々しく見ると、

「馬鹿は、どうにもしょうがない」

一人言をつぶやく。

「毒も無さそうじゃ。吉兵衛、帰ってよいぞ」

もうそんな話はそっちのけにして、軽く言うのであった。

吉兵衛はいつもの事で、わざといんぎんに頭を下げるのだが、心の中はいつもとは違ってい
た。その心の内を悟られないようにして、供の二人を連れて闇の中へと帰って行くが、途中で
三人が裏の林の中へ音も立てずに消えてゆくのを、誰も気が付かないでいた。

「藤次、女は十八人。二人足らんが、それは許すとしても」

少し間を取って一口酒を呑むと、

「もっと馬鹿共の管理をしっかりいたせ」

あきれて言うと、にっと笑って、藤次に酒を勧めた。

「もし殿に人買いが知れたら、儂もお前も首が飛ぶからのう」

今一度親しそうに笑うと、藤次の首をぽんぽんと二度ほど叩いた。

今度は、人買い伝右衛門の方を見ると、

「女も約束通りに揃っていなかったのでな。伝右衛門に値切られたぞ」

ここもまた優しく言うのだが、決して藤次を許してはいなかった。

「なあ伝右衛門、そちは怖いやつじゃのう」

わざと藤次の前で言うと、

「恐れ入りまする」

伝右衛門もまた藤次の前で、芝居でもしているかの如く深々と頭を下げてみせるのであった。

戦国の時、弱肉強食の時代である。その中をそれぞれに思惑を持って人々は暮らしているのであった。

第十八章 † 決戦

天文二十年（一五五〇年）一月十日の夜中。正確には一月十一日午前一時を少し過ぎた時である。

何人かの男女が、隠れ家の小屋の囲炉裏を囲むと、何やら神妙な面持ちで出発の時を待っていた。皆きちんと小具足を付け、それぞれに武器を持ち、これから決死の覚悟で敵に挑むというのに、恐怖の面持ちなどみじんも無く、皆晴々としていた。今日までの恨みを晴らせるこの機会を待ちに待っていたのだ。

哲郎だけは、下に志乃に着せてもらった鎖帷子を付けてはいるが、外観はいつものように、現代の洋服を着ていた。

ただ頭を守るために、大きな椀形をした鉄の疣がついた飾り気の全く無い鋼鉄製の兜《かぶと》を被っていた。そして、その兜《かぶと》に、現代から持って来た炭鉱夫が使うような小さなスポットライトを付けていた。このスポットライトは小さいが、かなり強力に一点を灯した。そして革のベルトには、黒づくりの安綱の太刀を佩っていた。

哲郎の姿は皆の目からしてみれば、とても不思議な出で立ちに映ったに違いない。

「今一度、最後の確認をする」

佐内が、厳しく言った。

「太刀、弓矢、槍」

「此処にて」

武吉が答える。

「牢部屋の壁を打ち破る大鎚《つち》に鉞《まさかり》はどこじゃ」

「此処に」

留吉が、声に出して言った。

「次に戸板を封じる楔に鎚、それに角棒」

「はい、此処に」

新吉が答えた。

「山本様から賜った、ラ・イ・ト（懐中電灯）とラ・イ・タ・ー」

「持っております」
二、三人が手を上げて答えた。
「鉄砲、鉄砲の玉と火薬、それと火縄」

お綱とお春、鉄砲の玉込めの練習をさかんにしていた二人が頷いた。

「ライターも持ったであろうな」

佐内が念を押すと、二人共懐から出してみせた。その時、少し前が割れた。着物の襟元から鎖帷子が黒く光ってみえた。

「火矢に油壺」

続けて問うと、

「此処にて」

素早く答えが返ってきた。

「後は、吉兵衛達三人の武具と小具足」

武吉が、

「此処に揃っております」

凛として言うと、今度は佐内の方で満足そうに頷いた。

「準備万端かと思われます」

太郎と哲郎にそう告げておいて、佐内は一同をもう一度注意深く見回し、皆が付けている具足の確認をすると、太郎と志乃に向き直り、

「太郎君様はこの爺佐内と共に、志乃姫様は山本様の御傍にて、呉々もご油断めされ無くお願い申し上げます」

深々と頭を下げて告げる。

太郎も、もちろん志乃も、初陣であった。二人共、紺色と茜色のひな人形のような美丈夫である。その二人の美しい顔には不安のかけらも見当たらなかった。続けて、

「皆も計画通りに、油断するでないぞ」

注意深く念を押す。太郎が立ちあがり合掌すると、

「弓矢八幡大明神、我らに武運を与え賜へ」

声を大にして言うと、一同同じように、

「弓矢八幡大明神、我らに武運を与え賜へ」

と力強く言い放った。

太郎に習って傍の杯を手に取ると、皆、一気に呑み乾し、盃を床や土間に力強く叩き付けた。盃が、白い波しぶきのように粉々になって砕け散った。皆目を吊りあげ、りんりんと輝かせて物怖じした顔など、どこにも見当たらなかった。

窪地の穴から黒い人影が、一つまた一つと出てくる。その人影は、音も立てずに館の方角へと闇の中に消えて行った。

†

天文二十年一月十一日、午前二時頃であった。

「揃っておるな」

佐内が人員の点検をすると、皆無言で頷いた。犬の疾風も太郎の傍で、伏の姿勢を崩さないでいた。

大臼《うす》石の後ろから館を窺うと、灯りは窓から溢れているものの、戸外に人影らしき者は見当たらなかった。佐内は、今一度周りを確認すると、持って来たライト（懐中電灯）を館の裏手の林に向けて三度点滅させた。

暫くすると、闇の中から吉兵衛、浅吉、松平の三人が、雪を踏み締める微かな音と共に現われた。

「武吉。三人に、具足」

佐内に言われ、皆が手伝って三人に小具足を付けた。素早く音も無く付け終えると、

「武器を取れ」

吉兵衛は鉄砲、浅吉と松平は太刀と槍を受け取った。

これで準備は全て整った。さっと作った円陣の中で、

「今夜は天善めが機嫌が悪く、手下共に女を与えていないようで、女達は牢部屋の中にほとんどが集められていると思われます」

吉兵衛が声を殺して言う。

「それは好都合じゃ」

佐内も小声で頷いた。

「酒も何時もより多く持って行きましたので、手下共は貞腐《ふてくさ》れて大酒を喰って居ると思われます」

佐内は無言で頷くと、

「計画通りじゃ。武吉、浅吉、松平、お前達は馬屋側の裏口、具足の音を立てるではないぞ」

と言われると無言で頷き、闇の中へと消えて行った。

「新吉、捨吉、簑吉、お前達は、歩《かち》の下郎共を押さえよ。弓矢を忘れるではないぞ。ライターもな」

頷くと、これも闇の中へと消えて行った。

今度は吉兵衛に、

「この大臼《うす》石の上から、鉄砲」

そう命じると、吉兵衛、お綱、お春は、その大石の上に這い上がって、二梃の鉄砲を構えた。

お綱、お春が、玉込めの役であった。そうしておいて、

「太平、留吉、三吉、鉞《まさかり》と大槌《つち》は有るな」

周到に確認すると、

「山本様、我々も」

佐内は声を殺して告げると、佐内を先頭に皆館の方へと暗闇の中へ消えて行った。

後に残された吉兵衛が、「ぶるっと」身振いをすると、女房のお綱が、

「あんた、大丈夫かえ」

粋な言葉で吉兵衛を自分の肩で突く、

「なあに、武者震いさあ」

大見栄を切って答えると、大臼石の上に蹲《うずくま》って居た三人は、声を殺して笑った。

何処からともなく風が吹くと、小さな風花の粒が、女房のお綱の結いあげた髪に止まった。吉兵衛は、その美しい雪の結晶を消えて無くなるまで見詰めていると、お綱を腕の中へと誘い込んだ。

†

「お梅に、お稲、お香か、おお良い名じゃ。ささもそっと近う、近う寄れ」

奥の部屋の片角に蹲っている三人の生娘に手招きをしているのは、総髪の長い顔が酒で増々長くなっている、大悪人の天善であった。

天善とは、良く付けた名で、全く惚《とぼ》けた者である。

悪態も付き飽きたのか、藤次に命じて捕われた十八人の女達から選んで、三人の娘を連れて来させた。三人は皆、お春の姉妹で、杉山村村長《おさ》の娘達であった。

「この三人、天善様に喜んでいただけるかと思いまして、特別に取っておいた娘達で、未だに生娘でございます」

使い慣れない句調で藤次が話をしているが、

「それじゃ、その一番右に居る、そうじゃ儂は、その娘が良い。取って喰おうと言うのでは無い。さ、もそっと近う参れ」

今ではもう、藤次の話など全く聞いてはいなかった。三人がなかなか天善の傍まで来ないでいると、天善が藤次に目配せをした。

突然、藤次は立ちあがって、娘達の髪を鷲掴みにすると、引っぱって天善の傍へ連れて来た。皆、悲鳴を上げて天善の傍に座った。

「馬鹿者が、もそっと優しくできんのか」

連れて来た藤次を青筋を立てて怒鳴っておいて、気に入った娘の肩に手を回すと、

「悪いやつは叱っておいたぞ。して名は何と申した」

猫撫で声で、娘の顔を覗き込んだ。お梅は、お春の姉であった。お春の五人の姉妹は、皆それぞれに美しく生まれついていた。

天善が、盃をお梅の前に出し、

「酌などいたせ」

と軽く言うと、お梅はうつむいたまま無言でいる。

天善が盃をぽつりと落とした。

突然気が狂《ふ》れたように立ちあがると、傍に座していたお梅の長い黒髪を鷲掴みにして、部屋中を引っぱり回した。そのあげく、口を抉《こ》じ開けると、徳利の酒を無理矢理お梅の口の中に流し込んだ。

「酒は、このようにして呑むものよ」

けろりとして言った。傍では、お梅が酒浸りで泣いていた。

それを見せられた他の姉妹は、とても恐ろしくてただ黙って男達に酌をしていた。

機を見計うようにして藤次が、

「あのう、他の女達をいつものように、手下共に分けてやってもよろしいでしょうか」

恐る恐る天善に言うと、天善はなるべく感情を抑えておいて、

「たわけた事を。馬鹿は酒で十分だろうが。なあ伝右衛門、その方もそうとは思わんか」

知らん顔を作って、藤次に言った。

手前の広い板の間では、男達が貞腐れて大酒を喰っていたが、今では皆大鼾をかいて深い眠りに落ちていた。目を開いている者といえば、背中に背負われた不気味な鬼神面達だけであった。

†

最初に、武吉達三人が馬屋に着くと、繋がれていた馬をそっと馬屋から外へ追いやった。

幸い雪が積もっていたので、蹄の音が消されて、馬達は静かに闇の中へ消えて行った。

武吉達は館の裏口の戸板を打合せ通りに角棒で封じてしまうと、次の合図を待って闇の中で息を殺していた。新吉達も、馬屋側の歩《かち》の下郎《げろう》共が寝ている離れを取り巻くと、その回りに油

を注いだ。

大酒を喰って大鼾をかいている下郎共を確認すると、これも打合せ通りに、入口の板戸を中から開かないように角棒で封じ込めてしまった。

そうしておいて、入口から出てくる下郎共を矢で射殺せる良い位置に陣取ると、こちらもまた次の合図を待って闇の中に潜んでいた。

哲郎達は、牢部屋の壁板の外側に、鉞《まさかり》と大槌《つち》を持って壁板を叩き壊すために待機していた。佐内は、太郎を伴って表の入口の戸板をやはり角棒で動かないように外側から封じていた。

次に鉄の楔を板戸に打ち込んで、悪党共が戸板を打ち壊して戸外へ出るまで時を稼ぎ、その隙に牢部屋の壁を突き破り、捕われている女達を助け出す計画であった。これには大きな音を伴うので、壁を壊すのと楔を打ち込むのが同時に行われなくてはならなかった。タイミングが重要であった。

哲郎がライト（懐中電灯）で合図を送ると、予定通りにライトの合図が返ってきた。いよいよ決行である。

一瞬の間、緊張が走った。哲郎がライトを三回点滅させると、深と静まり返っていた窪地に、雷でも落ちたのかと思うほどのものすごい爆音が四カ所からあがった。同時に、歩の下郎共が寝入っていた馬屋側の離れから火の手が上がった。こうして決戦の火蓋は切って落とされた。

それはちょうど、天善達、悪党三人組が、館の奥の部屋で村長《おさ》の娘達を犯そうと、狼藉の限りを尽くしていた時だった。

間に合った。お梅達は、着ている着物を引き裂かれ、床に押し付けられてはいたが、まだ無事であった。

四カ所からの突然の大音声に、

「藤次、あれは何事じゃ」

だらしなく前を肌けた天善が叫ぶと、傍にいた伝右衛門の一物などは、もう完全に縮みあがっていた。あたふたする二人を残して藤次が、肌けたままで部屋を飛び出ると、牢の中にいたはずの女達はもう一人もそこには無く、壁に大きな穴が開いていた。

藤次は、広い板の間部屋へ飛び込むと、手下を片っ端から蹴り起こした。正に蜂の巣を突いたように、手下共は右復左復してごった返していた。

「慌てるな、馬鹿やろう。敵は外だ、早く身支度をして外へ打って出ろ」

一人の男の襟首を掴むと、噛み付くような顔で藤次は言った。

†

「さあさ皆さん、こちらへ来て、この大臼《うす》石の裏で待っていて下さい」

助けられた女達に、お春が声を掛ける。皆、寒さに震えていたが、助けられた事を察して明るい顔に変わった。その中の一人が、

「春姉さま。上の姉さま達がまだ中です」

村長の一番下の娘、お蘭の声だった。

「お蘭、安心なされ、必ず助けて下さいますから、皆さんはここから動かないで下さい」

言うと、お春はまた大臼石の上へ這い上がり、鉄砲の玉込めに備えた。

馬屋の奥の方から火の手があがると、その紅蓮の炎の中で、歩《から》の下郎共が気が触れたように逃げ惑うのがよく見えた。どうにか戸板を蹴破って外へ出てくる下郎共には、矢が襲いかかる。最初に出て来た二、三人は、針鼠のようになって倒れていった。命からがら逃げ出した他の者も、武吉や新吉の組に追い飛ばされている。

ちょうどそれは紅蓮の炎が背後にあるので、まるで影絵でも見ているような光影だった。

一方は完全な武装をしており、一方は大酒を喰って寝ていた着の身、着のままの姿であった。いつも襲っている方の側にしてみれば、全くの逆であり、小心の小悪党共は、精神的にも完全に負けていた。しかし館の方は、そう簡単ではなかった。

天善が気を取り直すと、高窓から外の様子を伺っていた。

「やはり生きておったか、小童《こあっぱ》とあの爺《じじい》。ちょうど良い機会じゃ。返り打ちにしてくれようぞ」

そう頷くと、手下達を呼び寄せた。

「爺《じじい》の他は、皆、木端共。儂らの敵では無い。突然襲われたので少し戸惑ってはみせたが、彼奴等では寝ていても勝てるわ」

自信たっぷりに言うと、集まった男達の頭数を数える。

「戦える者は、儂の手下が五名。藤次達五名合わせて十名。充分過ぎるわ。構わず打って出て蹴散してまいれ。もしや安綱の宝刀や、あの美しい姫が手に入るやもしれんぞ」

勝手なことを口走ると、藤次の背中を叩いた。

「頭、戸板が表も裏も開かねえ」

飛出の鬼人面を背負った坊主頭の大念が告げた。

「馬鹿者が、そこが開いているだろう」

天善が牢部屋の壁を指差して、

「これでは逆さじゃ。早く錠を開けて打って出よ」

こめかみに青筋を立てて怒鳴った。

牢部屋の壁穴から二、三人が打って出ると、太平達の一組が矢を射掛けるが、下郎共とは勝手が違い、なかなか急所を捕えることができない。最初の一人が太平の組に切り掛かろうとした時、その男の首を一本の矢が串刺しにした。佐内が引いた一矢だった。同時に次の男の胸板に吸い込まれるように、また矢が突き刺さった。今度は、太郎が放った一矢であった。

次に現れた男は、坊主頭の大男で、長さが六尺もある。鉄の疣《いぼ》と鉄輪が打ち込まれている樫の太い六角棒を振り回していた。重さも優に七貫は越しているだろう。それを軽々と扱う力は想像を絶していた。

哲郎は志乃を守るようにして大男に近づくと、さっと安綱を抜き放った。

大男も哲郎を見ると、その出で立ちに少々戸惑ったが、振り回していた長い六角棒を右手前に斜に構えると、哲郎との間合を取って対峙した。

哲郎も大坊主に対し、安綱の太刀を青眼に構えた。

四人目の男が壁穴から外へ割って出ようとしたその時、

「ダダーン」

大音声が轟くと、その男の眉間にぽっかり穴が開いてその場に壊れ落ちた。館から次の男が外に出ようと構えると、

「待て、待て、鉄砲じゃ。彼奴等、鉄砲を持っておる。何処で手に入れたことか」

天善の自信満々だった顔から、さっと血の気が引くのがわかった。

「早まるではないわ。そこから出る毎に狙い打たれるわ。表、裏の戸口を突き壊せ。そして同時に打って出よ」

天善が、大声で喚めいた。

吉兵衛の鉄砲が、悪党共を館の中に釘ぎ付けにしてくれた。燃え上がる炎の光が悪党を輝らし出し、吉兵衛の鉄砲の的になっていた。


哲郎と大坊主は、向かい合ったまま先程から全く動かない。紅蓮の炎がパチパチと馬屋の方から館へと燃え移ってきた。ちょうど大坊主の背後に炎があるので、哲郎からすると逆光になって相手の目の動きを追うのがむずかしい。哲郎は、頭に付けてあるスポットライトに灯りをつけると、哲郎の首の動きに反応してスポットライトの光が左右に走る。その光を大坊主の顔に浴びせた。

「うあっ」

その瞬間、二人共にするどく打ち合わせた。

お互いの場所が入れ変わり、相方向き直ると、大坊主が大声を張り上げて凄まじい勢いで六角棒を振り回した。

味方が、哲郎が殺《や》られたのではないかと思って近づいて見ると、大坊主は左腕一本で、その重い六角棒を振り回していた。無散にも大坊主の右腕は、二の腕から消えて無くなっていた。大量の出血により、大坊主の動きも緩慢になる。

「術を使いやがって」

唸るように言うと、六角棒を引きずって元の壁穴の中へと入って行ってしまった。

「強え、打ち合った瞬間には、もう俺の右腕は飛んでいった」

虫の息で言うと、

「大念、お前ほどの男が殺《や》られるとは」

藤次は、天善と共に、初めて恐怖を感じていた。

「それに頭、あのやろう、術を使う」

大念の顔は青く、もう全く血の気が無かった。

「おいぼれと子童《こわっぱ》だけだと思っていたのに、そんな強えやろうが助っ人に居たのか」

藤次が呟くと、傍の大坊主、飛出面の大念はガクリと首を落とした。

鉄砲と哲郎の存在に、天善達は立て続けに戸惑った。それは、計り知れない恐怖に成って、悪党共の平常心を大きく惑わせていた。それはいつもと逆で、襲われて慌てふためく村人達のようにも見えた。下郎共の離れから燃え上がった炎は母屋へと移って、馬屋のある裏口の方からは、もう煙が立ち込めてきていた。

「裏手はだめじゃ、表口を叩き壊せ。窓も壁も、なるべく広く開けるのじゃ。早くいたせ、火が回るぞ」

天善の叫びに男達は慌てて鉞や斧を振るうが、突然の出来事だったので、具足を付けている暇どころか中には草鞋《わらじ》すら穿いていない者もいた。

天善が、口に布を当てて咳き込みながら、

「牢部屋の壁穴ももっと広く開けよ」

と命ずると、そちらへバラバラと二、三人の男が向かった。

「ダダーン」

また、凄まじい鉄砲の音がした。すると、そちらへ向かった男の一人が、足を抱えて転がり回っていた。

†

天文十二年（一五四三年）、種子島へポルトガル人が、鉄砲をもたらしてから、まだ数年しか経っていなかったので、天善と伝右衛門以外は、鉄砲の事を知らなかった。悪党共は、大音響と共に仲間がもんどり打って倒れてゆく光景を初めて見ていたが、その恐怖心は増々募るばかりであった。

離れで寝ていた下郎共は、もうほとんど打ち取られ、新吉達三人を置いて哲郎達は中から戸板を打ち破る音のする館の表口の方へと向かった。

「皆で此処を囲め。彼奴等が打って出たら、一斉に矢を射かけよ」

表口を半円形に囲んで、佐内が命じた。同時に、表口の戸板が内側から打ち開かれた。

「ダダーン」

吉兵衛が一発、牽制して鉄砲を打ち放すと、一瞬の間、深と静まり返った。


低い姿勢を取って味方が様子を伺っていると、悪党共も、そう馬鹿ではない。二度と同じ手はくわない。

「二人ずつ組になって、戸板を楯にして打って出ろ」

藤次が大太刀を抜き放って言うと、残った五人もそれに習った。

天善と伝右衛門を後に残して、六人は三組に分かれて一斉に打って出た。

藤次達は、初めに矢攻めにあったが、ほとんどが戸板の楯に守られて接戦の及ぶ所まで近づくことができた。三組は、戸板の楯を投げ付けると同時に、哲郎達に襲い掛かった。もう弓矢は使えない。凄まじい接近戦が繰り広げられた。

武吉達は、山姥面を背負った藤次の手下に、太平達は、天善が連れて来た野伏の一人に、それぞれ三人一組になって立ち向かった。

残るは藤次と他三人。四対四の対決となった。

哲郎と佐内は、太郎と志乃を二人の内側に置いて四人に対峙した。戦の鉄則であろう。相手は必ず弱い所を突いてくる。哲郎は、常に志乃への攻撃に対し、何時でも対応できる間合を持って安綱の太刀を構えていた。

藤次は、哲郎と向かい合うと、

「おめえか、術を使うという奴は。道理で奇妙な格好をしていやがる」

不気味な声で言うと、三尺以上もある太刀をだらりと右手で持って、羆《ひぐま》のような巨体から哲郎を睨みつけた。片手に軽々と持っている太刀は、散馬刀のような大太刀で、三尺五寸は優にある。刀身は重ねが厚く身幅も広い。その殺生力たるや、凄まじいものが秘められている。

打合っては殺られる。一撃必殺。哲郎は、機会は一度だけしか無い事を充分に悟った。

「此奴らを殺っちまえば、残るは偶の棒、蹴散せ」

唸るような藤次の声と同時に、相手の四人が打ち掛けてきた。

藤次の打ち下ろした太刀が、「ブン」とすさまじい音を立てて哲郎と志乃の間に割って入った。

哲郎は、太刀と太刀が触れるのを嫌って後ろに身を躱すと、志乃との距離が少し開いてしまった。

べしみの鬼神面を背負っている藤次の手下が透かさず志乃に襲い掛かった。

志乃は、打ち掛けられた太刀を頭の上で受け止めてはいるが、男の力に女の力。徐々に押されて、ついには片腕を落としてしまった。

哲郎は上段に構えると、左手一杯に安綱の柄を握った。そしてジリジリと藤次に躙り寄った。

「小癪な」

藤次が太刀を「ブン」と横に払うが、それには構わず、始めから目標を志乃の相手に向けていた哲郎は、志乃の傍へと飛んだ。その時、

「ダダーン」

また鉄砲が、火を吹いた。

今度は誰かと思っていると、志乃の相手の左肩を鉛の玉が抉《えぐ》った。肩を押さえて後退りしたべしみ面の男に、哲郎は左腕一本で、一杯に追い打ちをかけた。安綱の切先が、男の顔を斜めに切り裂いた。男は、顔中真っ赤に染めて、白い雪の中で転げ回っていた。

哲郎は、素早く志乃を自分の体に隠すと、また大きく上段に構えた。

「鉄砲に気を付けろ。鉄砲は何処だ」

狼狽していると、また、

「ダダーン」

火を吹く。今度は、武吉達が囲んでいる山姥面の男の足に命中した。片膝が壊れると、武吉達三人は、同時に太刀を突いて出た。山姥面の男の首に一太刀、胸に二太刀突き刺さり、男は絶叫を残して息切れた。

武吉達は、脇にあった弓矢を拾うと、矢を番《つが》えて太平達の応援に向かった。バラバラと、天善の連れて来た野伏を六人が囲むと、男はたじろいで後退りをした。そこを見逃さず、武吉達は一杯に弓を引くと、三人一緒に矢を放った。

三本の矢が同時に男を襲うと、二本までは太刀で打ち払われたが、武吉の放った一本が、男の左目に刺さった。

「ギャー」

甲高い悲鳴を発すると、完全に戦意を失ってしまい、ぶるぶると震えて雪の中に座り込んでしまった。慌てて飛び出して来たのであろう。足には具足どころか、何も履いていなかった。

武吉達は、二人を残して哲郎達の方へ走って行く。

「打ち取りました」

胸を張って告げた。

佐内は頷くと、姿勢を壊さずに、

「若君様をお守りいたせ」

と武吉に言うと、対峙していた甕面《しかみ》の男との間合を詰めた。

やはり男は乱暴に、右腕一本で片手打ちに来た。その切先を僅かに左にかわすと、左青眼に構えた左内の太刀は、真っ直ぐにつき出された。相手の右脇腹を、切先が鋭く抉った。十分に肝臓まで届いたとみえ、どす黒い血がぼとぼとと音をたてて流れ落ちた。間瞬を入れずに太郎が雪上を音も無く摺り寄ると、袈掛けに太刀を振るった。

今度は、首の動脈に掛かって血しぶきを雪に飛ばすと、前のめりに壊れ落ちた。背に背負っていた甕面は、飛び散る鮮血を被って、ねっとりと、不気味に光っていた。

第十九章　†　穴神

勢いに乗じて、若い太郎は敵の太刀の及ぶ所まで踏み込んでしまった。

その太郎を、藤次の脇にいた天善の手下が襲う。振り下ろされた太刀の切先が、僅かだが太郎の右肩に掛かった。

「あっ」

思わず皆、息を呑む。間瞬を置かず、佐内がしっぷうの如く飛んで行くと、我が身を捨てて、敵との間に飛び込んで行った。しかし、捨て身の姿勢には無理がある。佐内の構えは、敵に対して全くの無防備になってしまっていた。

それを藤次が見逃す筈が無い。渾身の力を大太刀に込めると、「ブン」と唸らせ佐内に打ち掛かった。

「殺られる」

佐内が俄《にわ》かに観念した時、その豪剣を、哲郎が打ち払った。「ぱりん」とはげしく火花が散ると太刀筋が僅かに逸れて、切先が佐内の右肩を掠めただけで済んだ。哲郎の助けが無かったら、間違い無く佐内の首は飛んでいた。それは、瞬も許されない一瞬の出来事であった。

今度は、太郎と佐内に太刀を構え直す間があったが、哲郎は、藤次の振った大太刀の怪力に体が泳いでしまって、体を立て直す暇が無かった。そこに、透かさず藤次の二の太刀が、「ブン」と哲郎の頭上を襲う。片膝を落として、かろうじて安綱の太刀で受け止めたが、藤次は満身の力を込めて哲郎に伸し掛かってくる。太刀の刃と刃が鋭く噛み合って、「ジャリ」と音を立てた。

「このまま押し切ってくれるわ」

藤次の太刀が哲郎の右肩に触れ、鎖帷子で止まっている。今は鎖帷子がかろうじて哲郎の命を守っている。佐内も太郎も助けたいのだが、哲郎との間に敵が居るので迂闊には動けないでいた。

「疾風、掛かれ」

志乃が白い犬の背を叩くと、犬は白い鞠のようになって走って行き、凄まじい勢いで藤次の背中に襲い掛かった。正に精悍に、獲物に向かってゆく猟犬そのものであった。

「畜生め」

疾風を振り払うのに、哲郎への力が抜けた。透かさず哲郎は立ちあがると、大きく上段の構えを取って藤次に対峙した。

「命拾いしやがったな」

と哲郎に言っておいて、

「いまいましい、犬畜生」

太刀を大きく振り上げると藤次に向かって唸っている疾風に、切って掛かった。

「逃げろ、疾風《はやて》」

哲郎は、咄嗟に腰のナイフを手に取ると、藤次に投げ付けた。藤次は、さっと身を躱して防いだので、疾風との間に距離ができた。藤次の大太刀は、幸いにして疾風の体を掠めただけで白い体毛に赤く血がにじんだだけだった。透かさず志乃が、疾風を呼び戻した。

太郎と佐内に対峙していた男の背後で哲郎が立ちあがったので、男は後ろにも気を配らなくてはならなかった。

哲郎としても条件は同じであったが、哲郎はわざとその男の背後で大きく動いてみせた。

男は少し慌てたのか、持っている太刀の切先が微《かす》かに揺らいだ。館に燃え移ってきた炎を背影に、鋭い閃光が走った。太郎と佐内が左右に飛び退くと、右肩越しに切って落とした。相手の男は仰け反ると、前へのめった。そこを、太郎の一太刀が止めを差した。これも、

「ギャー」

と女のような悲鳴をあげて倒れていった。白い粉雪が、人の形を残してパアンと飛び散った。

最後に、哲郎と藤次が残った。

二人共、向かい合ったまま身動きもしない。哲郎は、何時ものように上段の構えを壊さなかった。藤次は逆に、右下段に大太刀を低く構えている。

この二人の緊張を解いたのは、甲高い女の悲鳴であった。

「藤次、今夜は負けじゃ。逃げるに限る」

天善と伝右衛門が、館《うち》内から女を三人、人質に取って出て来た。

「うぬら。馬を引いて来い。さもなくば、この娘達の命は無いぞ」

娘達の襟を掴み、首に短刀を突き付けて大声で怒鳴った。にんまり笑うと、

「藤次、出直しじゃ。早うこちらへ参れ、本気で対決なぞしている暇は無いわ」

あきれ顔で命じた。

「覚えておけ。今日の借りは必ず返すからな」

藤次は、哲郎の目を鋭く睨らんで、唸るように言うと、天善の呼ぶ方へと向きを変えた。

此処で三人を逃してしまったら、次は大勢の追手を連れて来るであろう。そうしたら勝ち目は無い。どうしても、ここで決着を付けなければならなかった。その時、

「ダダーン」

寒風を劈《さ》いて、鉄砲がまた打ち込まれた。それは、吉兵衛が全神経を集中して放った一発だった。人質の娘達の顔と顔の合間に、見え隠れしていた悪党人買い伝右衛門の眉間を狙ったものだった。

吉兵衛は、女房のお綱を横たわせるとその腰を借り、それを鉄砲構えにしてじっくりと狙いを付けた。三度、

「南無八幡大明神」

と唱えると、勿論的は悪党伝右衛門だが、果たして誰が倒れるか、祈るようにして引き金を引いた。

願いは神に通じたのか、鉛り玉は、憎き人買い伝右衛門の眉間に風穴を開けた。

「うわっ」

短い悲鳴と共に、伝右衛門は二人の娘の襟首を放すと、娘達に倒れかかるようにして絶命していった。二人の娘は、

「キャー」

と悲鳴をあげながらも、志乃の居る方へと走って逃げた。

鉄砲に関しては向き不向きがある。人によってはどんなに練習を積んでも、全く上達しない

者も多い。逆にろくな練習もしないですぐに上達する者もいる。吉兵衛に関しては、完全に後者にあたっていた。

「当たった、当たった」

お春が燥ぐと、

「やるねえ、お前さん。惚れ直したよ」

またお綱の粋な声が飛ぶ。

「あったぼうよう」

吉兵衛は鼻高らかに言ってのけた。深い恨みを持つ敵に対しての、渾身の一発であった。

傍にいた伝右衛門が、撃ち殺されたのだ。それもたった一発で。伝右衛門の眉間を確実に抉っている。相当な手足《だ》れかが居ると思い、天善は顔色を失った。

「ダダーン」

今度は、威嚇《いかく》の一発だったが、天善は、自分の番かと思い、掴んでいた村長《おさ》の娘お梅の襟首を放すと、頭を抱えて屈《かが》み込んでしまった。最後の人質のお梅も、雪の中をころげるようにして志乃達の居る方へ逃げて行った。

天善の背後では、完全に館に火が回ってしまい、何処にも逃げる道は無かった。それでも天善は、裏山の方へと逃げようと試みるが、太郎と佐内が道を塞いでしまった。天善も、覚悟を決めたとみえて、佩っていた腰の一太刀を抜き放った。

　藤次も、また哲郎の方へ向き直ると、

「ぶった切る」

と短く言い、素早く大太刀の切先が積もった雪に触れるほど、低い構えを取った。

　哲郎は、雪の中にしっかり足場を固めると、青眼の構えから、安綱の太刀を大きく最上段に構え直した。一撃必殺、哲郎は何度もその言葉を心の中で唱えた。

　太郎と佐内の方では、天善に正面から対峙しているのは佐内で、太郎は佐内の脇に回って援護の姿勢をとっていた。

「天善、金吾達四人の恨み。そして数々の村人達の恨み。此処に晴らさん」

　恨みを込めて響くように言うと、

「何を小癪な、爺《じじい》め。返り打ちにしてくれるわ」

　天善は右手で、大きく太刀を振りあげると、言い返した。館が、

「ドドーン」

と音を立てて燃え落ちると、赤い火の子が雪の上に舞った。その火の子の舞に合わせるかのように、佐内と天善の二人も舞った。右から左へ位置が入れ替わると、

「うあっ」

天善が、胸を押さえて前屈みになった。その伸びた首に、

「皆の仇」

太郎の上段からの一撃が唸る。伸びきった首が、ばさっと飛んだ血しぶきと共に真白な雪の上に転がると、後から天善の長い総髪がはらはらと寒風に舞った。


またしても藤次の方が燃え上る紅蓮の炎を背にして居るので、哲郎からは、藤次の大きな羆《ひぐま》のような体は影絵のようにその輪郭しかわからなかった。

だから哲郎は、藤次の目の動きを追うことも全くできない。左へ廻って位置を変えようとするのだが、藤次も勿論承知の上で、そう簡単に位置を譲るようなことはしない。

対峙し合っている二人の周りには、哲郎の味方が遠巻きに円陣を組んで、勝負の行方を見守っている。吉兵衛は、もしもの時に何時でも撃てるように、鉄砲の銃口を藤次の方へ向けていた。

時が止まったかのように、そのままの姿勢で、時が経過した。館から上がる炎は、対決する二人のすぐ近くまで来ていて、真冬なのに、二人の額からは汗が流れ落ちるが、相方共に拭うことすらできなかった。

哲郎は、どうしても相手の目の動きが読めないので、頭に付けてあるスポットライトを点灯した。スポットライトの光は、哲郎の首の動きに反応して動いた。その光を追って、藤次の視

線も動く。哲郎は、最上段に構えた安綱の太刀を柄一杯に握り直すと、素早くスポットライトの光を藤次の顔に当てた。

　藤次が眩しそうに瞬きをすると、

「術を使ったな」

と言うと同時に、下方に構えていた大太刀を哲郎に半歩詰め寄り、横殴りに払った。怪力から繰り出された一閃は、

「ブン」

と凄まじい音を立てて哲郎の脇腹を襲った。身に付けていた鎖帷子に、藤次の大太刀の切先が僅かに触れて、

「ジャリ」

と音を立てた。

「あっ」

と志乃が発した声と同時に、着ていた物が大きく横に口を開いた。

　右に流れた大太刀を、藤次は縦に十字を切るために取って返そうと振り上げた瞬間、哲郎は、決死の覚悟で満身の力を込めると、最上段から安綱の太刀を、藤次の脳天へと打ち下ろした。その瞬間味方から、

「あっ」

と息を呑む声があがった。

見ていた者には、二人の打ち合いは、ほとんど同時であった。哲郎の捨て身で放った一閃は、藤次が大太刀を振り上げる間だけ早かった。安綱の太刀は、藤次の脳天を柘榴のように割り、眉間にまで達していた。藤次の打ち下ろした大太刀も、哲郎が被っていた鉄兜の鉢まで達していて、それに付けていたスポットライトが粉々に砕け散っていた。

一瞬二人の動作が止まったが、哲郎は、藤次の脳天から安綱の太刀を「ググッ」と音をたてて引き抜くと、鋭く横に払った。「ブン」と閃光が走ると、もう血だらけになっている醜い藤次の首が、炎の熱によって泥んでいる。汚れた雪の中へ落ちていった。紅蓮の炎を背影にして、藤次の大きな羆《ひぐま》のような首無し死体が仰向けに倒れてゆくと、味方から大歓声が上がった。

志乃は、まっ先に駆けて行って哲郎に飛び付くと、あの橋の上の時のように、哲郎に体を委ねて甘えた。哲郎も志乃を抱き止めると、優しく肩を擦ってやった。志乃の体の温もりを感じた時、自分は勝った、我々は勝利を得たのだと始めて思った。

決戦は、たった一《いっ》時余りの短い時間であったが、精心の消耗は一生分を費した気がした。

佐内が来る。太郎が来る。吉兵衛が来る。仲間達が集まる。皆、口をパクパク動かしているが、哲郎にはそのお礼の言葉を聞き取る事ができなかった。ただ、腕の中で泣いている志乃が、

一言、

「愛しております」

と、消えてしまいそうな小さな声で囁いたことは、哲郎の心に響いていた。


武吉と松平が、酒樽を二つ抱えて来た。

舘の土間に積まれていた樽には、まだ火が回っていなかった。

他の男達も、まだ焼けていない家材を大臼石の近くまで運ぶと、高く積み上げて大きな焚き火を作った。

皆、自分自身の体に触れて点検をしてみたが、哲郎も太郎も擦り傷に過ぎなかった。佐内も鎖帷子に守られて、打身だけで済んでいた。

武吉達村の者も、良く戦った。二、三人が顔や手に負傷したが、皆、軽傷で済んだ。

確りと具足を付けて身を守った成果で、味方は一人も殺されずに済んだ。

戦勝の祝である。

「弓矢八幡大明神、我ら武運を賜わり、心より感謝したします」

太郎が、手を合わせて天に向かって言うと、一同祈るように合掌した。

暫く祈りは続いたが、

「皆の者、勝ち鬨じゃ」

佐内の声に、

「エイ、エイ、オー」

勝ち鬨が窪地一杯に木霊すると、祝が始まった。各自、割られた酒樽から、杓で酒を呷る。あまりの嬉しさに燥き回る者。嬉し涙に咽ぶ者。男も女も、飛んだり跳ねたり、抱き合ったりして身一杯の嬉びを表していた。

哲郎は、志乃が汲んで来てくれた杓の酒を音を立てて呑むと、大臼《うす》石の上に胡座をかけて座った。未だ夢の中にいるような気持ちで嬉びに沸き返っている人々を、ぼんやりと見ていた。

一つ目の酒樽が呑み乾されると、今度はそれを太鼓に見立てて叩く者がある。それに合わせて誰かが笛を吹き始めた。祭りの時に使う祭り囃子が高らかに始まると、皆、焚き火の周りを回りながら踊り始めた。

太郎も、茜色の陣羽織の志乃も、そして佐内までもが嬉しそうに踊っていた。

哲郎も、佩っていた安綱の太刀を革ベルトから外して大臼石の上に置くと、今度は武吉が持って来てくれた杓酒を呑みながら、樽太鼓に合わせて手を叩いていた。

志乃は踊りながらも、哲郎の方へ時々視線を送っている。その視線は何時も微笑を含んでいて、とても幸せそうであった。

哲郎は、その美しい志乃を見ていて、志乃に良く似ている志津の事を思い出していた。志津さんは、何処へ行ってしまったのだろう。あの優しい女《ひと》は、小さな家と共に此の窪地から姿を消してしまった。無事で居るのだろうか。焚き火の炎を見詰めながら、そんな事を考えていると、武吉と留吉が、悪党共が付けていた能面を拾ってきた。

顰《しかみ》・飛出・べしみ、それらの鬼神面に唾を吐き掛けると、ポイと焚き火の中へ投げ込んでしまった。

焚き火の炎に炙《あぶ》られて、醜い鬼神面達はどろどろと溶けてゆく。それは自分達が完敗したことを嘆いて泣いているようだった。哲郎は、勝ったことを確信すると、大臼石の上から紅蓮の炎の中に溶けてゆく能面達を見詰めていた。

「ヒュー・ヒュー」

と音を立てて、寒風がたつまきのように突然粉雪を伴って巻き上がった。すると火の疾風《はやて》がそれに応えて、

「ウオオンー、ウオオー」

窪地一杯に轟き渡る遠吠えをした。その声は、風の音と混ざり合って、渦を巻いて哲郎の脳裏に入ってくる。そして、その声は消えてしまった志津の叫びに変わってゆく。

「穴神……穴神様」

哲郎の頭の奥深い所でその声が渦を巻き始めると、どんどん大きくなっていった。

志乃は、皆と一緒に美しい茜色の陣羽織を身に付け、踊りを舞っていた。

ほんの一瞬、体を回転させて振り向くと、大臼《うす》石の上に座っている筈の哲郎が消え去ってい
る。その姿は、周りを見回したが何処にも見当たらなかった。

志乃は驚いて大臼石まで駆け寄ったが、安綱の黒い太刀が残されているだけで、哲郎の姿は
何処にも無かった。

志乃の慌て方に皆も気付き、皆で哲郎の影を追ったが、誰も哲郎を見つけ出すことはできな
かった。

「パチ、パチ」と焚き火の燃えさかる音の中で、暫くの間誰もが口をきけなかった。

志乃の流れる涙を見て、お春が、

「姫様、あの御方はきっと神様です。私達弱い者を助けに来て下さった神様です」

宥めるように囁くと、皆も口々に、

「あの御方は神様じゃ。我らの願いを聞いて下さって、天から降りて来られた神様じゃ」

と大きく頷いて言った。

志乃が涙に咽びながら、窪地の穴を指差すと、

「あの穴から現れると、捕われていた私を助けて下さった」

震える声で、佐内の胸の中で言う。

「姫君様。あの御方こそ、穴神様でございます」

佐内は神明に言うと、哲郎が消えて行った大臼石に深々と頭を下げるのであった。

傍で聞いていた太郎もそれに恭しく従うと、一同雪の中にしゃがみ込んで、大臼《うす》石に合掌する。

「穴神様、穴神様………」

いつまでも唱えるのをやめなかった。その感謝の念が天に届いたのか、何時の間にか満天の夜空には、限り無い数の星が輝いていた。その輝きは、志乃にだけは滲んで見える、とても悲しい輝きであった。

第二十章 † 再会

哲郎は、自分の脳裏の中でさ迷っていると、右側の片角に微かに明かりが見えてきた。

そこには一人の女性が、白い光を背にして立っていた。逆光の中では輪郭しかわからないが、それは、いつも見慣れた姿をしていた。志乃姫だと思って近づいて行くと、志乃姫ではなく、消えてしまった志津であった。

「穴神様……」

と呼んでいるが、今度は前の時とは違って、助けを求めているのではなく、優しく哲郎に微笑んで、哲郎のことをそう呼んでいた。

「志津さん、よく御無事で」

声を掛けたいのだが、まだ口を利くことができなかった。

「ウーン、ウーン」

唸されていた。

平成十一年（一九九九年）十二月三十一日の夜中、正確には午後十一時頃であった。

哲郎は、小さな志津の家の奥の間に寝かされていた。

蝋燭の光が、時折り外から入ってくる透き間風に、揺ら揺らと揺らめいていた。

「山本様、山本様」

唸されている哲郎に、志津は盛んに呼び掛けていた。哲郎の体が左右に大きく動くと同時に、哲郎は目を開けた。

「お気付きになられましたね。ああ、良かった」

志津が笑窪のある優しい顔で微笑むと、哲郎は瞬きもせずに志津を見詰めていた。

色々な事が哲郎の脳裏を回転木馬のように走り回る。とっても直ぐには現状を理解することはむずかしかった。

哲郎は初めに自分の体を擦ってみて、自分が本当に生きて居る事を確かめた。生きて居られた事を確認すると、次は周りを見回し、自分は何時《いつ》、何処《どこ》で、何《なに》を為《し》ていたかを確かめたかった。ゆっくりと口を開くと、微かに声が出た。

「志津さん、今日は何日ですか」

小さく震える声で伺ねると、

「一九九九年、十二月三十一日」

志津は、はっきりと答えてくれた。

「ここは何処ですか」

「叶後部落《かのうしろ》の私の小さな家の中です」

微笑みながらも、しゃんと答えてくれた。

「私は、何をしていたのですか」

哲郎の三番目の質問には、志津は首を傾《かし》げて、少しの間考えていた。

「山本様は、昨日《きのう》の朝穴神を追って、窪地のあの穴に探索に出掛けられましたが、午後になっても一向に帰って来られませんでした。心配をしていますと、犬のシロが、穴の入口で吠えて私を呼んでいました。駆けつけてみると、貴方様は穴の入口で気を失って倒れていました。この寒さの中、そのままにして置いたら凍えて死んでしまいます。私は、荷車に貴方様を積んで此処まで運んで来ると、此処にこうして寝かせたのです。貴方様は、一昼夜以上気付かずにいたのですよ。その後は」

少し間を置くと、

「山本様が一番良く知っている筈です」

少し、悲しそうな顔をして言った。

哲郎は、頭の中を整理して、一つ一つ順を追って考えていくと、はっとした。

その哲郎の顔色を見取って志津は、優しく頷きながら、

「そうです、山本様。貴方様が探していた穴神様は、貴方自身だったのです」

きっぱりと、哲郎に告げた。どうしたことだろうか、志津の顔は、哲郎が穴神だった頃の志乃姫の顔であった。

「志津さん、もしかして、貴方は志乃姫」

哲郎の問いに、志津は微笑んで答えたが、やはり悲しそうな顔をした。

暫くの間、二人の間に沈黙が続いた。

「四百五十年の長い間、私は貴方様の帰りを待って、あの大臼《うす》石の上に座っていました」

俯《うつむ》いて話し始める膝の上に、涙が零《こぼ》れて落ちた。

「貴方様が行ってしまわれた日から、私は、太郎や佐内の言うことも聞かず此処に小さな家を作ってもらい、貴方の帰る日を待っていました。貴方様の予言通り、太郎はあの時一緒に戦った人々と共に、徳川様に忠誠を尽くしました。一族は繁栄し、何不自由無く暮らすことが出来ました。太郎もずいぶんと認められ、立派な城持ち大名になり、この地域も太郎が治めさせて

いただきました。太郎から再三、山本様の事は忘れて城へ上るように言われましたが、私は此処を動きませんでした。佐内だけは私の気持ちを察してか、此処に一緒に残り、私の世話を死ぬまで見てくれました」

俯むきがちに話す志津の横顔には、いつも涙の粒が、揺らめく蝋燭の光に輝いていた。それは、宝石のようにとても美しかった。

「あの大臼石で、貴方様と別れてちょうど三十年、私が四十八歳になった年、この地方は、何時になく寒い冬でした。私は、病を拗《こじ》らせてしまい、何日もの間高熱が続きました。自分に死が近づいたことを感じ、死ぬ時は、貴方様が消えてしまわれたあの大臼石の上で死にたいといつも思っておりました。もし貴方様に神の世界で会うことができたら、恥ずかしくないようにと、初めて会った時に着いてた茜色の着物に着替え、髪を梳かし、大臼石の上に横になりました。その夜はとても寒い夜でしたが、あそこに横になると、貴方様に抱かれているような気がして、少しも寒さを感じませんでした。見上げた夜空いっぱいに星が輝いていました。貴方様のことを思っていたら、星の世界に吸い込まれてゆく私が見えました。一人きりでしたが、何故か寂しくはありませんでした」

本当は泣くに泣く日々を過ごしてきた志乃だが、哲郎に気使って話していった。じっと聞いている哲郎だったが、堪《たま》らなくなって、両手で顔の涙を拭った。

今夜も志津いや志乃は、あの時の茜色の着物を着ていた。床の傍で、きちんと正座をしている。素足がとても寒そうに思えた。

哲郎は、無言で志乃の肩に手を掛けると、志乃は振り向きざまに哲郎の胸の中に顔を埋めた。今、哲郎の腕の中に抱かれている志乃は、遠い昔の頃の志乃と全く同じであった。涼しそうで清らかな目、可愛いい笑窪、形《かたち》の良い唇、長く美しい黒髪、そして仄かに漂う髪の香りまでもが、決戦の夜と同じであった。

哲郎は、志乃の冷たくなっている体を優しく包むと、口づけをした。悲しそうな志乃の顔に笑顔が戻ったが、涙は尽きることなく溢れ出し、哲郎の頬にも伝わった。それは悲しい涙ではなく四百五十年待ち続けた、嬉しい涙であった。

「苦労をかけました」

哲郎が頭を下げると、

「私は山本様を愛しています。愛があったから、待つことができました」

志乃は、きっぱりと言って立ち上がると、茜色の着物の帯を解いた。仄かな蝋燭の光に輝らし出された生れたままの志乃の姿は、神の世界に通ずる美しさがあった。

哲郎は、自分が横たわっている床の中に志乃を招き入れた。

志乃の豊かな体をだき抱《かか》えると、哲郎も自分の体の中で熱く燃えあがる血潮をもう抑えることができなかった。哲郎は他に目もくれず、自分のことを四百五十年間思い続けてくれた美しい女《ひと》。そう思うと、増々強く志乃を抱きしめていた。冷たくなっていた志乃の体は、長い間慕い続けてきた恋しい哲郎の裸の胸に強く抱かれると、体の中で血潮が波打って燃えあがっていった。

「こんな幸せ者は、世界、いや、宇宙の果てまで探してもありはしません」

志乃は、今の幸福感を、どう表現していいのやらわからないでいた。

幸せの涙が次々と溢れ出る。今は、その涙も受け止めてくれる人がいる。何を思っても、皆、幸せに結びつく。今、自分の体に触れている哲郎の手や唇も、宇宙で一番好きな人のもの。十八歳の志乃には、全てが初めての体験だが、それは全く自然で美しい行為であった。

そんなことを思い、恍惚の世界をさ迷っていると、哲郎が志乃の中へ入って来た。勿論、志乃には初めてのことなので少し戸惑うと、哲郎は、優しく諭すように導引いてくれる。哲郎の顔が、志乃のすぐ前にあった。志乃は恥ずかしくて目を伏せると、哲郎は優しく口づけをしてくれる。その唇の柔らかい感触につられて、志乃も無中で子供のように哲郎の唇を吸った。志乃は、恋しい人と自分が今一つになっていることをちゃんとわかっていた。それは、哲郎の体の動きに合わせてだんだん激しくなってゆき、いつか呼吸をする間も与えてもらえないほどだが、志乃の幸福感は増々大きくなるばかりで、哲郎のことをもっと好きになった。

西暦二千年を告げる鐘が、風に乗って聞こえてきた頃、その鐘の音が志乃の頭の中で木霊して大きくなると、花火のようにはじけて散った。志乃は、恋しい人の血が、自分の体内に宿ったことを感じた。志乃は本当に幸せだった。哲郎と、いや穴神に、このように再会できたことを、神々に深く感謝した。

今は、穴神の逞しい腕が志乃の枕になっている。こんな姿をあの冷たい大臼石の上に横になって、何度思ったことだろうか。そう考えると、また穴神の逞しい胸の中に顔を埋めて甘えてみたいと思った。

二人は、暫の間天井を見ていたが、

「太郎君は、立派な武将になられましたか」

と哲郎が尋ねると、志乃は、哲郎に言われた通り、太郎はどんな時でも常に徳川家に味方し戦功をたて、家康から絶大な信用を得たと答えた。そして、歴史がことごとく哲郎の話した通りになると、やはり哲郎は神でおわしたと、皆確信したのだと言う。

此処で悪党共を成伐した後、武吉達は皆太郎の配下になり、それぞれに良く働き、皆、立派な侍大将になったと言う。誰も皆、哲郎（穴神）の恩を忘れる者は無く、年に一度は必ず大臼石をお参りに来たと言う。

武吉は、お春と結婚して子供達をよく連れて来たと言う。

佐内も、八十歳まで生きて志乃の面倒をみてくれたと言うが、

「山本様の事はもう諦めて下さいませ。あの御方は穴神様です。姫様を見ていますと、この爺が悲しくなって困ります」

いつもそう愚痴をこぼしたと言う。

しかし、佐内の一生の自慢話は、哲郎と共に悪党を成伐した話で、年を取って耄碌《もうろく》してくると、一日に何回もその話をしたと言う。

吉兵衛は、あれから鉄砲一筋で、根来あたりの鉄砲を商い、大いに太郎の力になったと言う。長條の合戦の折には、吉兵衛が用立てた鉄砲が大半を占めていて、この時も太郎は、信長や家康から大きな信用を得たと言う。

哲郎は、ほんの少し前まで彼らと共に居たことがとても不思議に思えた。

その人達が、天下の織田信長や徳川家康と共に戦っていることが、とても面白く、嬉しかった。

「山本様は、神では無い。私だけは、貴方様の心に触れ、体に触れたりしましたので、きっと帰って来て下さると信じ、ずっと待っていたのです」

笑窪のある美しい顔を哲郎の方へ向けると、じっと哲郎の目を見つめて、

「もう一度」

それは、消え入るような小さな囁きだったが、とても甘い響を持った一言だった。

哲郎が、しっかりと志乃を抱きかかえると、二十八歳の哲郎と十八歳の志乃の一つの影は、幸福のうねりの中で、いっまでも離れることは無かった。


澄み渡る冬の夜空に、除夜の鐘は遠く響く。その鐘の音は、穴神の哲郎が現在に戻って来た事を、はっきりと告げていた。

平成十二年（二〇〇〇年）一月一日の早朝である。

東の空が白んで、満天の夜空一杯に輝いていた星達が消えてゆく頃、哲郎の広い胸の中で、四百五十年分を甘えるだけ甘えていた志乃が、

「もうすぐ、お別れの時が来ます」

哲郎の耳元で囁いた。哲郎も、それは予想していた事だった。

今度は志乃が、優しく哲郎に口づけすると、

「有り難うございました」

白い歯を見せて、いつものように笑窪を作って微笑んだ。

「私は、あの消えてゆく星達と一緒に遠い世界へ旅立ちます。ここで四百五十年待ち続けたことが、神様に通じて貴方とこうして契ることができました。私は、今までのように淋しくはあ

りませんよ。だって私には、私の体の中には、貴方の分身が宿って居るのがわかりますもの。だからこれからは、いつも貴方と一緒」

哲郎の唇を指で触れて少し甘えたように言うと、最後に哲郎の胸の温もりを忘れてしまわないように、確《しっか》りと頬《ほお》を擦り寄せていた。

哲郎の腕の中で志乃の体は明るくなる空と共に、軽くなっていった。

哲郎が抱きしめて、最後の口づけをする。そのやわらかな唇の感触は永遠に志乃の唇に残るだろう。

志乃は、本当に幸せだった。だが、哲郎には、志乃の微笑むその顔が、満足そうにも悲しそうにも見えた。哲郎は、志乃をとても愛おしく思い、抱いている両腕に力を込めると、志乃の体は哲郎の体の中へ溶け込んでゆくように消えていった。

「星の世界で、お待ちしております」

西の空に、最後まで輝いていた星が哲郎にそう告げると、志乃を待っていたかのようにスウーと尾を引いて消えていった。

暫くの間哲郎は、身じろぎもせずに西の空を見詰めていた。

東側の山の稜線から顔を出す太陽の光で、哲郎は我に返った。此処で起こったことを他人に話しても、決して信用してもらえはしないだろう。だがそれは、夢でも幻でもないことを自分では確信していた。

それと、自分が穴神であったということも……。

なんだかもの悲しい哲郎ではあったが、真白い雪に輝く虹色の太陽の光に励まされると、力強く深雪を踏み分けて、人々の溢れる大都会へと帰って行った。

西暦　二〇〇〇年　一月十日　完

――愛する我が娘へ――

今から二十二年前、貴方のお父さんとお母さんは、この本の主人公、哲郎と志乃姫のような素敵な恋をしました。

そして二人は、神様の力を借りて、貴方をつくることができました。

二人は喜んで、お姥ちゃんに相談して、愛がいつまでも続くことを願い、貴方の名前を付けました。

貴方が健康で優しく、美しく二十歳を無事に迎えられたことを神様に感謝して、この本を書きました。

二人から、愛を込めて、貴方が二十歳になったお祝いに、この本を送ります。

優しい心と愛情を、いつまでも忘れないでいて下さい。

西暦二〇〇〇年一月十日、成人の日。

笠原　將弘

著者プロフィール
笠原　將弘（かさはら　まさひろ）
昭和28年　11月20日生まれ
昭和43年　日本学生科学賞、文部大臣賞受賞
昭和51年　中央大学法学部卒業
昭和56年　企画コンサルタント会社設立
昭和62年　レジャー事業会社ベストワン設立
平成元年　海外レジャー事業会社設立
平成9年　セブ・アート・アソシエーションメンバー
平成11年　ベスト・アミーズメント・トランスパシィフィック設立
平成12年　ベスト・アミーズメント・アンド・エンターテイメントサービス設立
【現住所】
埼玉県秩父市近戸町7番6号　〒368-0052

穴神

2000年10月1日　初版第1刷発行
2000年10月30日　初版第2刷発行

著　者　笠原《かさはら》　將弘《まさひろ》
発行者　瓜谷　綱延
発行所　株式会社文芸社
〒112-0004　東京都文京区後楽2-23-12
電話　03-3814-1177（代表）
03-3814-2455（営業）
振替　00190-8-728265

印刷所　株式会社エーヴィスシステムズ

© Masahiro kasahara 2000 Printed in Japan
乱丁・落丁本はお取り替えいたします。
ISBN4-8355-0863-7 C0093